……て届けたら、
……ら出て来たのは学年一の美少女でした

楠木のある

ファンタジア文庫

3321

口絵・本文イラスト　古弥月

迷子の女の子を家まで届けたら、
玄関から出て来たのは
学年一の美少女でした
She is the beautiful girl in the school year.

プロローグ

俺はいつも通りの休日をグダグダとソファに横になりながら過ごしていた。

ピンポーンと家のインターホンが鳴るので、俺はさっきまでのだらけきった休日に終止符を打つかのように立ち上がった。

宅配かなにかだろうと思い玄関を開けると学年一の美少女、白河綾乃《しらかわあやの》がいた。

俺は突然のことで動揺を隠そうと必死だったが、絶対に隠せていなかったと思う。

「おはよう!」

元気があり明るい声で俺に向かって言ってくる。

「なにしに来たんだ?」

「おすそわけを持ってきたよ!」

「おすそわけ……なんで?」

と聞くが、家の前で喋《しゃべ》るのも周りに迷惑かもしれないので、まずは彼女を部屋に入れた。

「それで？　なにしに来たって？」

「これだよこれ～」

彼女に改めて俺の家に来た理由を聞くと、彼女はバッグからタッパーを取り出してテーブルに置いた。

「作りすぎてしまったからおすそわけなんだけど、迷惑だったかな？」

「い、いや……そういうわけじゃ。これをもらっていいものなのか考えてる」

美少女の料理なんて、みんな喉から手が出るほど食べたいだろう。俺も例外ではない。

しかし、綾乃は誰にでも優しく学年のカーストも上位、カーストが下の陰キャの俺がもらってもいいのだろうか。

「いらない……？」

綾乃は不安げな表情と上目遣いで俺を見つめてくる。

正直卑怯《ひきょう》だ、そんな表情されたら誰だって、もらうに決まってる。

「も、もらうって……ありがとう」

「やったぁ！　感想教えてね」

両手で可愛《かわい》らしくガッツポーズをしている。

おすそ分けを受け取ってもらえただけでそこまで嬉《うれ》しがるものか？

俺が中身を確認するようにふたを開けると、なんとも食欲をそそうカレーのいい香りが漂ってきた。俺の姿がおもしろかったのか綾乃はふふっと笑う。

「おおっ、これはなんともうまそうな」

「喜んでくれたなら持ってきた甲斐《かい》があったよ」

「ありがとう……でも作るの大変じゃなかったか？」

「大丈夫！　料理するのは好きだし、誰かさんの喜ぶ姿が見たかったからね～」

「か、からかってるのか！」

綾乃には妹が居たはず、俺ではなく妹の喜ぶ姿を見たかったのだろう。

それにしても含みのある言い方だった。あんなの世界中の男が勘違いしてしまう。

だけど、文句の一つも言わないでカレーを作ってやるところが妹思いのお姉ちゃんなんだよな。

エプロン姿の綾乃が自分の妹に急《せ》かされながら、作っているところを想像してしまう。

せっかくなので今日の夜にでも食べようと考えていたら、俺の胃袋がいますぐカレーを食べたいとおなかの音を鳴らしてきた。

「ふふっ、食べちゃった方がいいんじゃない？」

綾乃はそう言って俺にカレーを食べるよう促し、テーブルにスプーンとお皿を用意した。

俺は我慢ができず、昨日のあまりのご飯をレンジでチンしてカレーをかけて食べる。

一口食べた時点ですごい幸福感に満たされて、

「うまっ」

反射的に出た言葉だった。考えるより先に出ていた。

そのあとは、おなかが空いていたためタッパーに入っていたカレーはきれいになくなった。

「綺麗《きれい》に食べてくれて、私も嬉しいよ」

「本当に美味《おい》しかった。ありがとう」

「いいんだよ！　これもお礼の一つだから」

「そんなこと言われてもなぁ……」

綾乃はお礼の一つと言って満足そうに笑っている。

「じゃあ、用事も済んだことだし私帰るね？」

綾乃は正座していた足を崩しするりと立ち上がる。

「あ、そうだ、あのエプロン持ち帰れよ」

俺は今思い出したかのようにエプロンに指をさす。

すると綾乃はすこし考えて、

「いや、今度は出来たてを作ってあげるから黒田くんの家に置いていったらダメかな？」

「そこまでしてもらうのは、気が引けるというか……」

「今更でしょ？　それとも、出来たては食べたくないのかな？」

「出来立ては食べたいけど……」

しかし、また家に来てもらって、料理をしてもらうのも気が引ける。

「それに、毎回持ち帰るっていうのもね？」

持ち帰るのに荷物がかさばるという、彼女の言い分もわかる。

だから、毎回持ち帰りたくはないと。

「たしかにな……エプロンはまた今度ということで」

「はーい！　了解でーす」

そう言って、彼女は玄関のほうに歩いて行った。

「じゃあまたね」

「送ろうか？」

「いや、いいよ。じゃあまたね」

「気をつけてな」

彼女はニコッと笑いながら手を振ってきた。

そんな彼女を見ながら、なぜこんな関係になってしまったのかと俺は苦笑いする。

第一章　玄関から出てきたのは学年一の美少女でした

俺は中学生のころからおとなしい割に、成績も普通。運動はもちろん性格も普通の生徒だ。

友達は数人いるものの、多くを作ろうとはしない。話かける勇気がない、陰キャ男子だった。

そんな俺は彼女をつくるどころか女の子と喋るときでさえ、目をすぐにそらしてしまうような男子だ。

高校は両親が仕事の関係で出張することになり、両親に頼んで一人暮らしを始めて、中学時代とは一味違う生活を送っていた。

「おい、二組の白河さんマジで可愛いよな？」

そう言ってきたのは、俺の目の前に座っている男子だ。

「わかる～、超絶美人だもんな。おまけに性格もスタイルもいいし、なにもかも満点」

続いて賛成するのは隣にいる眼鏡をかけた男子だった。

「そ、そうなのか？」

「おいおい黒田、いくら女に興味がないからって、それはないぞ」

俺は実際、恋愛とかに対して疎《うと》かった。

「どうする？　今日から、あの人とお近づきになれたら」

「いや、俺そんなことになったら、今までの運すべて使い果たしてるかも」

「でも実際、すべての運つかう価値はあるよな」

実際にそんなことが起こるわけがない。俺は今日も二人の白河綾乃《あやの》トークに苦笑いしながら付き合っていた。

どうせ、俺たちみたいな陰キャじゃ届かないと。

そう……この日もそうだった。

高校二年生の夏休み前の放課後。学校に課題を忘れたので炎天下のなか歩いて学校に向かい、その帰りにふとセミを見る。セミは長年地中で蓄えたエネルギーを解き放ち、うるさいくらい夏がやってきたことを教えてくれる。

そんな俺は今日の晩御飯を買うために学校の帰りにコンビニに寄ることを決めた。一人暮らしをしているからといって、全員が自炊をしているとは限らない。

しかし、暑い。暑すぎる、サウナに入っている気分だ。

やっとの思いでコンビニについたときはなぜか涙が出そうだった。額からタラタラと頬に流れ落ちてくる汗を、腕で拭いながらコンビニに入ろうとすると、小さな女の子が自動ドアの近くでぽつんと一人で立っていた。

きっと誰かを待っているんだろう。お母さんとか……じゃないとこんな小さな子が一人でいたら誘拐犯に狙われるに決まっている。

そう思いながら、コンビニに入り自分の晩御飯、コンビニ弁当と、カフェオレを買って店から出た時だった。

さっきの女の子はよく見ると、怯《おび》えた感じでソワソワと落ち着かない様子だった。コンビニに入った時もあの子の母親や父親みたいな人はいなかった。

俺以外にも彼女に気づいている人はいる。しかし面倒なことに巻き込まれたくはないのか誰もが見て見ぬふりをして通り過ぎていく。

俺だって面倒なことは嫌いだ。ほとんどの人間がそうだろう。しかし、ここで放っておくのも良心が痛んだ。なにかあってからでは何事も遅いのだ。

俺は女の子に声をかけることにした。しかし、こんな時にどんなふうに声をかけていいのかわからなかった。子供の頃、母親が自分にどう接していたかを必死に思い出した。

姿勢を低くして、俺と同じくらいの目線で話しかけるようにしていた気がする。今の俺の身長は一七五センチだから小さい子からは威圧感があったり巨人と思われるのだろうか。

俺もその女の子に近づき、姿勢を低くして話しかけた。

「おい、じゃなくて……今一人なの？　お母さん待ってるの？」

案外優しく声をかけられた方じゃないだろうか？　しかし、女の子はいきなり声をかけられて驚いたのか肩をビクッと震わせた。

それもそうだろう、自分よりも大きい男が声をかけてきたら小さい子はびっくりするだろう。ただそんなにびっくりされると、俺も多少はへこむ。

なにも反応がないので、変な人にはついていくなと教わっているんだろう。やはりこの子はきっと母親を待ってるんだと察し、その場から、離れようとした時だった。

後ろで何か掴《つか》まれるような感覚があり振り向くと、女の子が俺のワイシャツを掴んでいた。

「いま……ひとり、こ、こうえんであそんでて、みつからないようにしてたら……」

かくれんぼでもしていて、隠れる場所を探していたら一人になってしまった。そんなところだろう。

今にも泣きそうな顔をしているので不安にさせないようにニコニコと笑顔を作る。

俺はこの女の子を家まで届けることにした。

「じゃあ、まずバッグの中に、迷子になったときに渡しなさいと言われてるものとかってあったりする？」

俺はそう言って、女の子に問いかける。こういう時にまず一番欲しいのは情報だ。

電話番号があれば一番いいのだが……、

「えっと……えっと、ない……ごめんなさい」

また泣きそうになっているので、大丈夫だと言い小さな頭を撫《な》でる。

「公園で遊んでたんだよね？」

「うん」

女の子は小さく頷《うなず》いた。

俺はそれだけ聞いて、ポケットからスマホを取り出し地図のアプリで今いるコンビニから一番近い公園を調べた。

「おっ、でてきた」

すると、すぐ近くに公園が表示されたので、俺は内心ほっとした。

小さい子は俺がなにをしているのかさっぱりだったのだろう。キョトンとしながら俺をジッと見つめてくる。

「それじゃ、さっきまで遊んでた公園に行こうね」

俺は女の子の手を取る。俺の手は手汗がすごかった。この暑さだし、あと無事に届けられるのかという不安からだった。

しかし左手でレジ袋を持ち、右手で女の子の手を握っている状態だ。

まわりから見たら、兄妹《きょうだい》に見えるのだろうか、しかし今この状態でこの子の家族に遭遇する方が結果的にはいいのだが……。

女の子は俺を安全と認識したのか、さっきからかえるの合唱を繰り返し歌っている。

自分は迷子だというのに、暢気《のんき》なものだな。

一番近い公園はあのコンビニからはさほど遠くなかった。

「あっ……ここ、ここであそんでた！」

その元気な声にひとまず安心した。

公園までくれば最悪一人で帰れるだろうから、ここで別れてもよかったのだが、女の子の手は俺を離そうとしなかった。

「じゃあ、公園から家までの道はわかる？」

「うんっ！　こっち」

さっきまでは俺が引っ張っていたのに、公園に着くなり今度は俺が手を引っ張られるようになった。

「あっ！　なつのちゃんみっけ！」

さっきまで一緒に遊んでいた子だろうか、俺たちが通るのを見て公園から大きな声で叫んでいる。

「あれ？　かくれんぼは？」

「またこんどー！」

バイバイと言って、小さな手を振っている。

「いいのか？　別に帰り道が分かるんだったら、ここで遊んでいってもいいんだぞ？」

俺がそう尋《たず》ねると、女の子は短い髪の毛を揺らしながら首を横に振った。

「お家《うち》でお菓子作ってもらってるから帰る」

こんな可愛《かわい》らしい顔からは想像ができないほど食欲に忠実だった。

その公園を通り過ぎて、まっすぐ進んでいくと。

「あった！　おうち！」

ニコニコしながら、その家を指さして教えてくる。

「じゃあ、一応挨拶するからインターホン鳴らすよ？」

そう言って、インターホンを鳴らすと「はーい」と言って、女の人の声が聞こえてきた。

「あっ、お姉ちゃんだ！」

お姉ちゃん？　お姉ちゃんがいるのか、少し緊張するなと思っていたら、ガチャッと玄関の扉が開いた先には、肩よりも少し長い黒髪、吸い込まれそうな大きく綺麗《きれい》な瞳。さらにはつやつやで白い肌。

俺はその瞬間、目を奪われてしまった。十秒くらいだろうか、出てきた美少女に見とれてしまった。

ちょっと待て……俺はこの子を知っている。我が校で学年一の美少女と呼ばれている白河綾乃《あやの》だ。

なんで彼女がと思い表札を見ると、白河と書いてあった。

「お姉ちゃんっ‼」

さっきまで俺の手をがっちり握っていた女の子が手を離し、お姉ちゃんのお腹《なか》のあたりに顔をうずめている。

たしかに、言われてみれば迷子だった子と白河を見比べてみると、とても似ている。

小さくなった白河綾乃と言った方がしっくりくるだろう。

「夏乃《なつの》っ！　心配したんだからねっ」

ぎゅうっと白河は自分の妹を抱きしめている。

「お姉ちゃん、苦しいよぉ」

「あっ、ごめんごめん」

彼女たち姉妹のやり取りに完全に孤立化してしまった。

学年一の美少女といわれる女の子の家の前でポツンと姉妹を見つめる男になってしまっている。

そして、自分の妹からパッと視線をこちらに向けてくる。当然警戒しているに決まっている。

「あ、あの……どうかしました？」

「いや、その子がコンビニの前で迷子になってたから……変なことは一切してない」

「大丈夫ですっ！　この子の表情を見ればそんなことしてないってわかります」

「ほ、本当か？」

俺は不審者に思われていないようで安心した。家に帰ってくるのが遅くて心配していたのだろう。

「はいっ！　本当です。それに君がそんなことする人じゃないって知ってますから――ね？　黒田雄星《ゆうせい》くん？」

笑いながら俺の名前を呼ばれたときはドキッとしてしまった。

授業中、先生から急に指名されるときと同じ感覚だった。

「な、なんで俺の名前を」

「選択授業の美術で一緒になったでしょ？」

「一度だけでふつう覚えるか？」

「記憶力はいい方なので」

そんなことを言っても、俺は一度だけで名前を覚えることなんてほとんどない。

しかし、成績も優秀である白河綾乃にとっては、簡単なことなのだろうか。エッヘンという言葉とともに身体《からだ》を前に突き出したので胸が強調されている。

ラフな格好だったが、噂《うわさ》によればCかDカップらしい。出るところは出て引っ込むところは引っ込む、男子の間で理想の体型などと崇《あが》められている。

「じ、じゃあ、俺はこれで……」

「ちょっと待った！」

俺が逃げるように帰ろうとすると、白河に引き止められた。

「妹が迷惑かけたからさ、上がってってよ、お茶も出すからさ」

「いや、でも……」

「いいからいいから、話も聞きたいし……ダメかな？」


白河綾乃の誘いを断れず、俺は彼女の家にお邪魔することになった。

この状況、他の男子に見られていたら大きなニュースになるだろう、だから絶対秘密だ。


「お、お邪魔します……」

「靴を脱いだら、このスリッパ履いてねー」

彼女は、もこもこのスリッパを玄関前に並べてくれた。

「わ、悪いな……」

——ちょうどその時、彼女がかがんだ時、水色のブラジャーにぎゅっと包まれた、二つの果実が見えた。


「水色か……」

「みずいろ？　なにが？」

「い、いや!?　な、なんでもない」

「えー、なんだか怪しいなぁ」

疑ってくる彼女に対して俺は曖昧な言葉で誤魔化すことしかできなかった。

彼女にリビングに案内される。

テレビやソファなどはもちろん、観葉植物などが置いてあり、オシャレだった。それに俺の部屋とは違いとても綺麗だった。

「お口に合うといいんだけど……」

そう言って白河はお皿に盛りつけてあるクッキーを俺の前に出してくる。

部屋に入った時、甘い香りがした原因はこれだ、彼女の妹が言っていたお菓子とはクッキーのことだったのか。

目の前に出されたクッキーを見て、思わず生唾を飲んでしまう。綺麗にできていて美味《おい》しそうだ。

「い、いいのか……？　食べても」

「もちろん！　なにかお礼したいんだもんっ」

「お礼って、大袈裟《おおげさ》な」

随分とすごいことをしたように聞こえるが彼女の妹を家まで届けただけだ。

「う～ん、やっぱりお菓子じゃ寂しいよね……」

彼女はどうしようかと言いながら顎に手を当てながら考えている。


「い、いやっ！　じ、充分だぞ、本当に……」

「そ、そう？　私はなにかちゃんとお礼しないと気が済まないんだけど……」

「俺がいいって言ってるんだから……」

彼女はなぜか申し訳なさそうな表情で俺の方を見る。

やめてくれ、そんな目で見られたら俺が悪いみたいじゃないか。


俺は彼女の視線を避けるようにクッキーに手を付けた。

「い、いただきます」

サクッという食感とともに甘さとバターの味が口の中に広がる。

「うまい」

「本当に？　嘘《うそ》じゃないよね？」

味の感想は、すぐに口に出していたし、市販のクッキーよりも普通に美味しいと感じた。

だが、彼女は俺が嘘をついているんじゃないかと疑ってくる。

「嘘つく必要なんてないだろ」

「やったぁ！　ちょっと心配だったんだよねー」

彼女は俺の反応を見てとても安堵《あんど》している様子だった。

「どうしてこんなに美味しいのに心配だったんだ？」

「男の子に食べてもらうのなんて初めてだから」

「初めて……」

「うん」

俺が初めて……なぜだろう、初めてと聞いた途端、優越感を覚えた。

「それこそ嘘じゃないのか？　好きな男にあげたりしないのか？」

「好きな人は……いない、かな？」

「たしかに、誰かと付き合ったら噂になりそうだしな」

「それだけじゃないよ〜、すぐに変な噂が広がるし結構たいへんなんだよ?」

人気者というのも案外楽じゃないらしい。

陰キャの俺にはわからない悩みだったが、ラノベで見るハーレム展開のような幸せではないということか。

「それに、私のことをよく思わない人たちだっているしねー」

「そ、そうか……」

彼女ほど人気があったら友達も多いだろうが、それと同時に彼女を面白くないと思う人がいるのも納得だ。

だが、たとえ嫌がられたとしても決して顔に出したり、愚痴を言ったりしないのが人気の秘訣《ひけつ》なのだ。

「あ、おかわりほしい?」

彼女は皿が空になっているのを見て聞いてくる。

美味しいし、女の子の手作りなんてもう食べられないかもしれないから俺は激しく首を縦に振った。

「ふふっ、そこまで喜んでくれると作った側としても嬉しいなぁ」

「別に、喜んでるわけじゃ……」

「はいはい、今持ってくるから待っててねー」

小さい子供を相手にするかのように、あしらわれる。

彼女は冷蔵庫からクッキーを取り出し、皿に盛り付けている。

「はいどうぞ」

皿に手を伸ばそうとすると、隣から二回りも小さい手がクッキーに触れた。

クッキーを摑《つか》み夏乃《なつの》の口に運ばれていく。

「な、なにしてんだ？」

「ふっひー、なふなったふぁら」

もぐもぐしている姿は可愛《かわい》いがなにを言っているのかなに一つ理解できなかった。

その間も、俺にかまわずムシャムシャと隣で食べ続けている。

「コラッ、それは黒田くんにあげたクッキーだよ？」

先ほどより冷たい声で、彼女は自分の妹に注意している。

「だって……夏乃のなくなっちゃったんだもん」

「その時はお姉ちゃんに教えてっていつも言ってるでしょ？」

「お姉ちゃん、楽しそうだったから……」

「だからって……」

「まぁまぁ、俺は気にしてないから」

彼女と妹の話の間に割り込んだ。せっかく迎えてもらったのに、可愛い姉妹の喧嘩《けんか》は見たくない。それにクッキーが全てなくなったわけではない。

「ほらっ、お姉ちゃんの許可が下りたぞ」

「黒田くんが言うなら……」

俺はクッキーを手に取り、夏乃に食べさせる。頬張る姿はまるでリスのようだった。

「妹にやさしくしてくれてありがとうっ」

白河はまぶしいほどの笑顔を俺に見せてくる。

学校の奴《やつ》が学年一の美少女と言っているのが今ならわかる。

よく笑い、料理が上手で、顔もスタイルもよく性格までいいときた。非の打ち所がない美少女なのだと。

「お姉ちゃん、お花さんにお水やるー」

「あ、その前に夏乃、このお兄ちゃんにお礼言った？」

彼女が水をやりに外へ出ていこうとする妹を呼び止める。

「言ってない……」

「じゃあ、お花さんにお水やるより先にすることがあるよね？」

彼女の妹は、それを聞いて「うん」と小さく言って俺の目の前に来た。

「ありがと……ございます」

小さい頭をペコリと下げている。

子供に頭を下げられると、恥ずかしい反面なんだか悪いことをしている気持ちになってしまう。

「俺はいいから、お姉ちゃんをあんまり心配させるなよ?」

「うん!」

「じゃあ夏乃、お花さんへの水やりよろしくねー」

お姉ちゃんからOKサインが出た途端、彼女の妹は庭に出ているホースで花たちに水を撒《ま》いている。

「なぁ、あれは?」

彼女に庭の花のことを聞こうとしたが、無視されているのか、プイッとそっぽを向く。

「なんだよ……機嫌を悪くすることでもしたか?」

「私の名前は、なぁじゃないもん」

「いや、今のはお前の名前を言い間違えたわけじゃ……」

「じゃあ、ちゃんと名前で言って? ね?」

そう言って、彼女は小首を傾《かし》げている。

「し、白河……」

「白河？　私の妹も白河なんだけどなぁ～」

「それはそうだろ？」

「だから、名前で呼んでよ。わかんなくなるから」

白河綾乃《あやの》はニヤニヤしていて、俺の反応を楽しんでいるとしか思えない表情だった。

「白河姉、庭で花を育ててるのか？」

「おっと、そうきたか……」


白河綾乃はすこし驚いた表情のあと、一本取られたという顔をした。


「そうだよ～、私お花好きなんだ～」

「へー、水やりとか大変じゃないか？」

「そんなに大変じゃないよ」


花に水をやっている白河妹を見て、ふと幼稚園の時のことを思い出した。初恋の子も花が好きだったなと。

なぜ急に思い出してしまったのかはわからない。白河の妹が水をやる姿が彼女に似ていたからだろうか。

「私も見てたらお花を、お世話したくなっちゃった」

彼女はそう言って靴下を脱ぎ、サンダルで庭に出ていく。

俺は動きたくもないので、ボーッと彼女たちの楽しそうなやりとりを見ていた。

「夏乃、ホース貸して」

「なに？　お姉ちゃん」

夏乃が振り返った瞬間、ホースから出る水が綾乃に直撃した。

綾乃は頭からつま先までびしょびしょになっていた。水も滴《したた》るいい女とは彼女のことだろう。

「ちょっと〜冷たいじゃん！」

白いTシャツだったので、服の上から下着が透けている。やはり水色だった。

濡《ぬ》れた前髪を上げる仕草はなにか胸に来るものがある。

「ごめんなさい、お姉ちゃん」

「もう～、下着が……」

するると、なにかに気づいたのか彼女は赤面しながらジト目で近づいてくる。

「水色ってそういうこと？」

「なんのこ……あれは……いやあ、その」

「えっち」

彼女にえっち認定されてしまった俺は苦笑いすることしかできなかった。

「それじゃ、そろそろ帰るよ」

いつの間にか皿いっぱいに盛り付けてあったクッキーがなくなり、午後の三時になる。

「あ、うんっ。今日は本当にありがとう」

「……ありがと」

彼女はまた妹と一緒に深々と頭を下げている。服は着替えたのでもう下着は見えない。

「いつもおやつの時間が近くなると帰ってくるのに、今日は帰ってこなくて、話を聞けば迷子になってたなんて」

彼女はそう言うと、深くため息を吐《つ》く。

「だから、黒田くんと一緒に来たときはびっくりしたけど、安心もしちゃったんだ」

「子供が迷子なんて結構あることじゃないのか?」

「そうかもしれないけど、自分の妹が迷子なんて聞いたら心配するでしょ」

しかし、俺にそこまで、頭を下げる必要はない。

「でも、どうしてそこまで……」

俺が彼女にふと感じた疑問について聞くと、彼女はすこし辛《つら》そうな表情をしていた。

「実はね……私は小さいときに、誘拐されそうになったことがあるんだ」

「え……」

「たまたま警察の人が助けてくれたんだけど、もしあのままだったらと思うと……」

「……悪い、つらいこと思い出させて」

「ううん、だからこそ、本当に感謝してるの。この子には、私みたいな怖い思いをさせたくないから」

俺は胸が苦しくなった。どうして聞いてしまったのか、彼女のあんな顔見たくなかった。

「いいよ、別に」

「そういうわけにもいかないよ。黒田くんみたく優しい人ばかりじゃないからっ」

本当に心のこもった、感謝をされた気がした。

「お、俺は優しくなんかないぞ？」

「でもちゃんと妹を届けてくれたじゃん」

「あ、あれは……」

あの時はたしかに心配という気持ちが強かったが、それだけで俺が優しいと決めるのは早い。

「た、たまたま通りかかった時にいたから……」

「ふーん、じゃあそういうことにしといてあげよう」

納得はしていないという言い方だった。

「そ、そうだクッキー美味《おい》しかった」

「美味しいって言ってもらえて本当に嬉《うれ》しい」

「そんなにか？」

「誰かに食べてもらえて、美味しいなんて言われるのは作った甲斐《かい》があるよ」

そう言って、彼女の目は優しく、花が咲くような笑顔で笑った。

さっきのような表情よりも、彼女は笑っていた方が断然可愛《かわい》い。

「お、おう。それじゃあ、ごちそうさまでした」

「うん！　またねっ！」

弾《はじ》けるような明るい声で彼女は「またね」と言ってきた。

また……があると嬉しいけどな、と思いながら弁当のレジ袋片手に白河家を後にした。

第二章　学年一の美少女と自分の部屋を掃除せよ！

俺、黒田雄星は焦《あせ》っていた。いや、焦りというよりも緊張の方が正しいだろうか。

なぜ、そんなことになっているかというと、散らかりまくっているこの家に白河綾乃が来るからだ。

なぜ白河が家に来るのかというと、白河の妹を家まで届けた日の帰りには続きがあったからだ。

「黒田く－ん！」

俺の名前が呼ばれて振り返ると、白河綾乃が走って俺を追いかけてきていた。

白河は息を整えたあとに、

「やっぱり、他にしてもらいたいこととかってある？」

「え？　どういうこと」

「妹を助けてもらったんだし、やっぱりお菓子だけっていうのは……」

「それは別にいいって言ったはず……」

「で、でもでもっ」

どうしてもお礼がしたいという彼女の意思が伝わってくる。

「本当にしてもらいたいことないの？」

「そ、それは……」

「なんでもいいんだよ？　黒田くんがしてほしいこと言ってくれれば」

それを聞いたとき、俺の目線はだんだんと下に下がっていった。まずは顔から肩、胸、腰、ふとももそして足。

すべて自分の思い通りにできる、なんて夢の話のような——危ない、最低な男になるところだった。

「あまりからかうな……」

「本気だよ！　黒田くんがしてほしいんだったら……」

「も、もういいからっ！」

これ以上聞いていたら、どんどん自分の変な欲が出てきてしまう。

「お願い、人助けをしたんだから、ご褒美《ほうび》は必要だよ！」

彼女は、そう言ってグイッと顔を近づけてくる。

綺麗《きれい》な人形のような整った顔に吸い寄せられそうだった。

「だからっ、妹を、私を救ってくれた黒田くんには、なんでもお礼をしたいのっ」

必死に上目遣いで俺に訴えてくる。俺はその視線に耐えられず、逸《そ》らした。

「だからっ、だからね？」

俺は彼女の肩を摑《つか》み、話を遮った。さすがにこれ以上は自分の理性が耐えられるか怪しい。思春期男子高校生には重い一言だった。

「白河……そういうの誰にでも言わない方がいいぞ」

「言うわけないじゃん！　黒田くんには妹を助けてもらったから、できることがあればお礼をしたくて」

「そう言われてもなぁ……ないんだよな」

「そっか……」

俺がなにもないと言うと、更にショックを受けたのか眉を下げしょんぼりとしていた。

彼女のそんな姿を見て、悲しくなってしまうというか、このまま断っていると罪悪感が重くなっていく。

「なら家の掃除が苦手だから、掃除をお願いしたいかも……」

「ほんとっ⁉」

「ああ……言っとくけど、汚部屋だから、女の子は抵抗があるかも」

「平気だよっ！　任せてっ」

そのときの彼女の自信に満ちた顔はすごかった。人当たりがいいというか、表裏がないというか、これはさぞいろんな人からモテてるだろうな。

「それじゃあ、来週の日曜日にお邪魔するね？」

「いいよ、どうせ暇だし」

「あっ、それじゃあ」

そう言って彼女はポケットからスマホを取り出した。

「LONE交換しない？」

「え、えっとLONE？　なんで」

「黒田くんの家どこか知らないし、私が迷子になってもいいのかな？」

そう言われると彼女が正しいのだが、LONEの画面は友達にも見られることがある。

もし白河綾乃《あやの》とLONEを交換してることがバレたら、俺に命はない。

「それとも、黒田くんが妹と同じように私をあなたの家まで届けてくれるのかな？」

「わかった……LONE交換しよう。位置情報送るから、迷子にはならないだろ」

俺はしぶしぶ彼女とLONEを交換した。美少女と呼ばれる彼女と。

彼女は手とスマホで口元を隠していたが、隙間からニヤニヤしているのがわかった。

新しくLONEに追加した彼女のアイコンを見た。妹と自分のピースのツーショットだった。THE陽キャのようなアイコンだった。

「それじゃあ、また日曜日に！」

というやりとりがあって、今に至っている。

しかし、この状況は誰に言っても羨ましがられるだろう。学年一の美少女に部屋に来て掃除をしてもらう、さらに、LONEまで交換。夢のような出来事だが現実だ。

彼女には俺の家の位置情報は送ったので迷子にならないと思うが、俺の心は大丈夫じゃない。


さっきから変な気持ちだ。胸がモヤモヤする。

そして遂《つい》にその時がやってきてしまった。昼の十時くらいにピンポーンとインターホンが鳴る。

俺は覚悟を決めて玄関を開けると、目の前には黒色のTシャツにデニムの短パンの学年一の美少女が右手にレジ袋を持っていた。

夢じゃなかった……。

あの時は気づかなかったが、自分の家に来てもらうのは恥ずかしい。

「こ、こんにちは」

「なんか新鮮だな」

「なんのこと？」

「そ、そういう服装や髪型が新鮮で似合ってると思います……」

女の子の服装を褒めるなんて、陰キャ男子にやらせるのはハードルが高い。

俺は、途中で恥ずかしくなり、最後の方は声が小さくかすれていた。

「そ、そんなことないよ！　動きやすいだけで似合ってないよ、それに髪型はいつもと一緒だよ！」

動きやすい服装なのは見た感じでわかる。上も下も丈が短いので白い肌が見えている。

髪型は一緒と言っているが制服と私服では見え方が違う。

「この時間で大丈夫だった？」

「お、おう。わざわざ悪いな」

「ううん、全然っ。私がお礼したいだけだもん」

俺が頭を下げると、彼女は両手を振って慌てる。

「だ、大丈夫だって！」

「じゃあ、中にどうぞ」

俺がそう言って、彼女を家に案内するとピタッと固まっていた。

「い、いや……男の子の部屋に入るのなんて初めてだから……緊張しちゃって」

そう言って、彼女の顔は徐々に下を向いた。

恥ずかしそうに、ほんのすこし頬を赤らめながら髪の毛を触っている彼女が、とても可愛かった。

「お、俺だって、女の子を呼ぶのは初めてだぞ」

「そ、そうなんだ……」

彼女はそれを聞いて、なぜかふふっと嬉《うれ》しそうに笑った。

「お、お邪魔しまーす」

彼女を俺の部屋に案内する。女の子が自分の部屋に入るというだけでも緊張するのに相手は学年一の美少女だ。そんな女の子に部屋を掃除してもらうなんて嬉しいが緊張しまくりだ。

彼女は部屋に入ると、立ち止まり黙ったままだった。

「し、白河？」

「ど、どうした？」

「えっと、ごめん。本当に黒田くんの家？　間違ってるとかない？」

「正真正銘、俺の家だぞ？」

「これはちょっと想像以上かも……」

「まぁ、俺もここまで汚いのによく生活できてると思うと不思議と誇らしい気持ちに……」

「ならないからね？」

入ってすぐにパンパンになったごみ袋や空のペットボトルが何本も床に転がっていた。

それが家の奥に続いているので、さすがの彼女も引いていた。

彼女は冷たい声で、俺のボケをバッサリ切った。

いつもの優しく穏やかな様子ではなかった。

「ここまでくると、部屋というより、お化け屋敷《やしき》の方が近いんじゃない？」

「そ、それはさすがに……」

お化け屋敷……まだ汚部屋と言ってくれた方が楽だった気がする。

ここまで言われると、さすがに俺でも心にダメージを負う。

「せっかくのいいお部屋なんだから、綺麗に使った方が絶対いいよ！」

彼女はそう言って俺の目をジッと見つめる。

「じゃあ、さっさと始めちゃおうか」

「よ、よろしくお願いします」

白河は肩より長い黒髪を高い位置で縛ったあと、すぐに掃除に取り掛かる。

どんどん、床に落ちている空の容器やカップを持参したごみ袋に入れている。

「なんとも、素早い手つきで……」

「何事も早くやるのに問題でもある?」

「あ、ありません……」

「無駄口をたたいてないで、さっさと手を動かす！」

「は、はいぃ！」

ビシッと白河に強く言われて俺もようやく尻に火が付いたというかやる気になった。

家の中を移動するのですら困難になりつつある。

「黒田くんは床に落ちている本や漫画本を棚に戻してください」

「了解した」

彼女に言われた通り、俺は床に落ちている、ジャンルはおろか巻数もバラバラに散らかった本を拾い上げる。

本を手に取ると、つい読んでしまいそうになるので開くなと自分に言い聞かせ、まとめて処分することにした。

普段掃除をしない人間にとって自分の部屋をきれいにする時間は退屈だった。

「黒田……くん？」

部屋に入る前よりワントーン下がった冷たい声に俺は背筋が寒くなった。

彼女が前に妹に注意していた時よりも怖さがあった。

「誰の部屋を掃除しているのかな？」

「お、俺の部屋です……」

「じゃあ、サボるより先にやることがあるよね？」

「そ、掃除です……」

彼女は俺と同級生だが先生に怒られている気分だ。自分が悪いので俺はしっかりと反省した。

「いつもそうだから、ここまで汚くなるんじゃないの？」

「す、すみません……」

「私がいる限り、サボるなんてさせないから」

「サボらずに、ちゃんとやります……」

「わかればよろしい」

彼女に叱られて、俺は掃除に真剣に取り組む。

掃除を始めてから、小一時間が経《た》った。先ほどまでは足の踏み場もない汚部屋だったが、やっと足の踏み場が見えるぐらいになりかけていた。

「一旦休憩しよっかー」

白河の一声で休憩に入る。彼女は高めに縛っていた髪の毛をするりとほどく。

だが彼女は自分の視界に入るごみを片付けはじめた。

「休憩じゃなかったか？」

「あはは、ごめん気になっちゃって」

そう言いながら、白河は苦笑いしながら黒くサラサラな髪の毛をくるくると指で巻いている。

「本当によくこれで一人暮らししてるって言えるね？」

「そ、そう言われてもなぁ……」

「どうして一人暮らししてるの？　なにか理由があるの？」

彼女は首を傾《かし》げながら聞いてくる。

「別に深い理由はないけど、人生経験になるかなって」

「家事とかできないのに？」

「それを言われると、なにも言い返せない」

彼女はそんな俺を見て呆《あき》れたように笑った。

「さっきよりは、結構片付いたな。ありがとう」

「お礼はまだ早いよ？」

「まあ一応すこしは片付いたし……」

「すこしはね？　でも、まだまだ片付けるからね？」

「う、うっす……」

やるなら徹底的に。彼女の意志が強く感じられる言葉だった。

それに、俺が上手にサボろうとしたところで彼女にはバレているので仕事を割り振られる。

「掃除ってやっぱり疲れるな……」

「こんなに大変にならないようにこまめに掃除するんだよ？」

「白河の言うとおりだよ」

返す言葉もない。

「これなんて賞味期限、一年前のパンじゃん……」

「お恥ずかしい限りです……」

「もったいないから、今後こういうことはないようにすること、わかった？」

「は、はい……気を付けます」

彼女は俺にそう諭すと賞味期限が去年できれているパンを、ごみ袋へ入れる。

呆れたような視線で俺の方を見てくる。賞味期限が一年前のパンがあったら彼女でなくても引くだろう。

俺はその視線に気づいていないフリをして、そっぽを向く。

「もうっ、妹より……」

彼女の言葉が途中で止まった。

どうしたのかと思い、白河の方を見ると棚の上のなにかに目を奪われているようだった。

じっと、その一点だけを見つめている。俺の部屋に彼女が興味を持つような物珍しいものはなかったはずだが……。


「あ、あの……これって」

彼女は、さっきじっと見ていたであろう棚の上の物を見せてくる。

彼女が持っていたのは、俺が幼稚園の時に女の子からもらった花のしおりだった。

「あ、えっと……幼稚園の時にもらったしおりだよ」

「幼稚園……」

「あっ、それは捨てないでくれ、なんて言ったらいいんだ？　幼稚園の時の思い出というか俺の宝物みたいなものだから」

「そ、そうなんだ……」

「初恋の女の子からもらった物なんだ」

彼女はそのしおりをそっと棚の上に戻す。

「そのくれた子は……」

驚いたことに、彼女はそのしおりの話を掘り下げてきた。

このしおりは、たしか幼稚園の年長の時のことだ。

◆

「ねえ、なにしてるの？」

「お花、見てるの」

「楽しい？　みんなで遊んだほうがもっと楽しいよ」

「いい」


自由時間になったらいつもお花を見ている女の子がいた。

外での遊びにも誘ったことがあるが、遊びに参加したことはなかった。

その時から、その子に興味があった。


「好きなの？　お花」

「う〜ん、かわいい」

「そーなのか」

その子とはそんな感じのやり取りが続いていた。

当時の俺は花に興味はなく、彼女に興味があった。

「はーい、今日はしおりを作っていきたいと思いまーす」

今日は自作のしおりを作るという出来事があった。

「せんせー、お花でやってもいい？」

「もちろんっ、素敵ねっ」

そう言って、その子は外に出た。

しかし、いつもは花壇にいっぱい咲いている花が、今日に限って荒らされたような跡があった。

「え……」

「やーいやーい、お前いつも一人で気持ち悪いんだよっ」

三人組のやんちゃがその日に限って花壇を荒らしていた。

もちろん先生が黙っているはずがなく、三人ともすぐに叱られているのを覚えている。

それを知って泣いていた。どうしても花のしおりが作りたかったんだろう、子供だがそんなことはわかる。

「ごめんね、絵で描いた花にしよっか」

先生に慰められながら、教室に戻ってくるのが印象に強く残っている。

俺はそれを見て、外に飛び出した。その子が泣いているのを見て、居ても立っても居られなかった。

幼稚園を出た、すぐ近くの花が咲いている場所は散歩のコースで通る道だ。

いつもは散歩で隣に先生がいるが、今日はいない。

本来なら、ゆっくりと景色などを見るのだが、今日は急いでそこへ向かった。

自分でも段々と、悪いことをしている気がしてきた。

土手の緑が辺りに広がる中、白い花や紫の花がいっぱい咲いていた。

手一杯に摘んで帰ると、先生たちがみんな大慌てで俺に近づく。

「ダメじゃないっ」

先生にものすごく怒られた。俺は泣くのを必死にこらえて、女の子のもとへ向かう。

「ん、これやる」

「……え？」

彼女の瞳はまだウルウルと泣きそうで、目の下は赤く腫れて沢山泣いたことが分かる。

俺に急に花を差し出された彼女は、戸惑った様子を見せてくる。

「多く取りすぎちゃったからあげる」

俺がそう言って、しおり作りに戻ろうとしたときだった。

「待ってっ！」

俺はその時、自分の頬にその子の唇が当たったのに気づいた。

「ありがとうっ」

その時、初めてその子の笑顔を見た。

「ねぇ、よかったら、一緒に作らない？」

俺は彼女からの誘いを、断らなかった。一緒にしおりを作った。

「はいっ、あげるっ」

「え……いいよ、自分で作ったし」

「さっきのお礼っ、もらって」

勢いに押され、彼女が作ったしおりを俺は受け取った。

それからだ、彼女とよく遊ぶようになったのは。

まだ、好きって感情はわからなかった。でも嫌な感じはしなかった。

でも、今になればあれが初恋だと言える。

◆

「女の子ってことは覚えてるんだけど、なにせ小さいころの記憶だからなぁ」

「アルバムとかはないの？」

「実家に置いてきたからない。それに実家に行っても見つかる保証はない」

なぜそこまで興味をとは思ってしまう。別に白河にとって俺の幼稚園の頃なんて聞いてもなんの得にもならないし、面白くもないだろう。

「でも、なんで急にそんなの聞いたんだ？」

「と、特別な意味とかは、ないかな？」

「そうですかー」

彼女はなぜかしおりの話を聞いて、笑いを堪《こら》えようとしていた。そのせいで自然と口角が上がっていた。

気づいた途端に彼女はクルッとうしろを向いてわざとらしく表情を隠す。

「さてと、続きしようか。ごめんね、変なこと聞いて」

「気にしてないけど……」

「宝物……」

白河の方をチラッと見たときに、綺麗《きれい》な黒髪に対比するように白い頬がほんのりと赤くなっている気がした。

俺は、たぶん気のせいだろうと思いながら、掃除を再開した。

第三章　いいお嫁さんになりそうだな

「ほ、ほんとに綺麗になったな」

掃除を再開してから、かなり時間が経《た》って、昼の十二時を過ぎていた。

集中していたから時間はあまり見ていなかったし、お腹《なか》も空いてはいなかった。

「結構な時間やったからね〜」

「でも、絶対自分一人じゃ無理だったな……」

「黒田くん一人だったら時間がかかるどころか、始まりもしなそう」

「ぐぬぬ……否定はできない」

「普段からもう少し、しっかりしないと」

彼女のその言葉を聞いて、俺もしっかりしなくてはと背筋をピンと伸ばした。

「逆に言うと、ここまで汚かったのに何故《なぜ》片付けようとしなかったの？」

「そ、それは……その、時間がなくてですね」

「だとしたら、やっぱりすこしずつ片付けをしないと、掃除機をかけるとかそんな感じでいいんだよ？」

ほんとにぐうの音もでない。

「黒田くんって、部活入ってるんだっけ？」

「いや、入ってないけど。バイトをしてる」

彼女はそれを聞いて納得といった表情だった。

俺はバイトをしているからと伝えたが、本当は趣味のＷＥＢ小説を書いていて他のことを忘れてしまっているからだ。

時間がないというよりも、時間の使い方が下手と言った方が正しい。

しかし、家事、掃除となるとやる気もでない。

「それでも、すこしくらいは……」

「わ、わかってるよ……今度からちゃんとする……」

「またそんなこと言って、今日からしないと」

近所のお姉さんのような叱り方で俺を叱った。

「でも、洋服があまりなかったのは意外だったかも」

「基本的に学校から帰っても制服かパジャマだしな」

「それもそれで、どうなの」

「いいだろ、誰に見せるわけでもどこに出かけるわけでもないんだから」

「でも、今日はパジャマじゃないでしょ？」

「今日は白河が来るとわかってたからな」

さすがに、出かけたり、誰かお客が来るとわかっている時は着替える。

俺も高校二年生だからすこしはオシャレぐらいする。ワックスだって持ってるし、香水も一応持っている。

陰キャ男子はオシャレをしないんじゃなくて、仕方が分からないだけなんだ。

彼女は自分の服装を似合っていないと言ったが、男の目線で言わせてもらうと正直セクシーだ。ふとももの露出はあるし、華奢《きゃしゃ》な身体《からだ》をしているのはなんとも胸に来る。

服装までも完璧に着こなしてしまうなんて……ここで服装がとてつもなくダサかったら

告白するやつが減るんだけどなぁと考えていた。

　こんなことを考えているから、俺も彼女のことが――なんてことはありえない。

　それに、ここまで完璧ときたら、他の男子との交際などの話があってもいいのだが、そういう話は一切聞かない。

　どうしてこういう人物に限って恋愛に疎《うと》いのか……俺はついついため息が漏れてしまった。

「どうしたの？」

「い、いや？　ようやく一段落かなって」

「そうだね――ん？」

　なにこれと言いながら白河はプリントのようなものを拾い上げる。

　先ほどまで埋もれていたからか、すこし折り目などが付いてしまっている。

　しかし、唯一この部屋で他人に見せてはいけないものだった。友人や家族でさえも。

　大切なものでもないが、恥ずかしいものではある。急いで彼女からそれを取り上げようとした。

「白河っ！　それは……」

俺が声をかけて手を伸ばした時にはもうすでに遅かった。

白河は拾ったプリントをじっと眺めていた。

「えっと、おれは平凡な高校生？　ボッチで友達もいない？」

書かれていることを声に出して読んでみたものの、全然意味がわからない様子だった。

彼女は、首を傾《かし》げながら「何これ？」と一応俺に聞いてくる。

俺は恥ずかしさのあまり、顔を隠しながら床を転がりまわった。

今すぐにでも彼女が見た記憶を消し去ってやりたい。

そう……。俺が唯一この部屋で隠しておきたかったもの。それはラノベの原稿だ。

俺は、趣味の範囲だがＷＥＢで小説を書いている。今回原稿をプリントした理由は出版社の新人賞に応募するためだ。

【陰キャボッチの俺に対して学校一の美少女がデレてくる】というラブコメ作品を書いている。

彼女の家に行った時のことも、小説のネタに使えると思ったからメモしてある。

きっかけはとても些細《ささい》なことで、自分の小説にコメントで面白いと言ってくれた読者がいたから。

本になったところを見てみたいと言ってもらえたから。

そんな単純なことだ。


「小説……であってる？」

「ラノベ読んだことあるのか？」

「らのべ？　ってのは読んだことないなー」

「き、キモいよな。そんなの書いてる奴《やつ》」

どうせ、みんなラノベに嫌悪《けんお》感を抱いている。彼女も例外ではないと思っていた。

終わった。引かれた……そう思っていた。

「アニメとか好きなの？」

「アニメだけじゃなくて、漫画やそのライトノベルとか」

「おもしろいんだ？」

「そりゃあもう！　……悪い急に大きな声出して」

俺は抑えられなかった。自分の好きなものに嘘《うそ》は吐《つ》けなかった。

「ふふっ。可愛《かわい》いよ」

「なにがだよ」

「自分の好きなことになると、夢中になっちゃうの小さな子供みたいで」

「キモいだけだろ」

「全然そんなことないでしょ。私にはよくわからないけど人の好きなものは馬鹿にしないよ」

意外な言葉が返ってきて俺は、びっくりして黙り込んでしまった。

お世辞でも嬉《うれ》しかった。ただそれだけだった。

「あれ？　これ最後のほう白紙だよ？」

原稿をめくりながら、俺に見せてくる。

「まだ完成してないんだ。ラストシーンが思いつかなくて」

「そうなんだ、完成したら読ませてね？」

「い、いや……でも」

「読まれたくない？」

「いやっ、そうじゃなくて」

「あっ！　わかった。恥ずかしいからだ」

「いや……それもあるけど、それはもういいよ」

バレてしまったので、もういっそのこと開き直っている。

白河は「じゃあなんで？」と不思議に思っている様子だった。

読ませたくないと言ったら嘘になる。第三者の意見はとても貴重なのでどんどん言ってもらいたい。

しかし原因はそこではない。

「実は、ラノベを書いてると、執筆に夢中になっちゃって他のことが手につかないから、最近は控えてたんだ」

俺が、恐る恐る理由を伝えると白河はすべてを察した様子で

「だから、掃除とか家事全般がおろそかになったんだね？」

「その通りでございます」

「だけど、趣味もほどほどにね？」

「そうする」

白河は最後に「完成、待ってるね」とだけ言った。

「もういいんじゃない？」

白河のその一声に俺は手を止める。彼女が来た時とは違い、自分の家が恐ろしいほどに綺麗《きれい》になった。

俺は改めて白河綾乃《あやの》という女の子がなぜ周りから評価が高いのか再認識した。

家事が得意で、性格もよく、勉強もできておまけに顔もいい。そんな人物、だれだって、彼女に惚《ほ》れる。

だから、俺とは住む世界が違うように見えてしまった。

そう、高嶺《たかね》の花のような、遠い存在。

「ありがとな、今日は本当に」

「いいよ、私もすっきりしたし。なんか、お腹《なか》すいちゃったね」

「もう午後の一時過ぎてるしな」

「冷蔵庫開けてもいい？」

「いいけど、なにも入ってないと思うぞ？」

白河は俺の家の冷蔵庫を開けてなぜか、ため息を吐いている。

「期待はしてなかったけど、本当になにも入ってないじゃん……」

「もう、ただの箱と化しているな」

役割を果たしていない家電を見ながら、彼女は呆《あき》れた様子でため息を吐いた。

「今から、スーパーに行きます」

「え？　スーパー？」

俺の考えを看破したかのようにスーパーに行くと言ってきた。

俺が聞き返すと、真剣な表情で頭を縦に振る。

掃除で体力を使ったのに、また動くのはめんどくさかった。

ノリ気ではなかったが彼女の表情を見れば俺も一緒にと伝わってくる。

「はい。ここから一番近いスーパーに今から買い物に行くから」

「それは……俺もでしょうか？」

「当然でしょ？　黒田くんの家の食材を買いに行くんだから」

「それもそうだな」

彼女はせっせとスーパーに向かう準備をしている。

「それに、せっかく一緒にいるんだから二人で行こうよ！」

「せっかくか……」

「二人の方が楽しいよ？」

二人の方が楽しい。そう言ってもらえると急に行きたくなる。

俺は重い腰を持ち上げて玄関に向かう。

「お金は持った？」

「大丈夫。全然使ってないからお金は心配ない」

「足りなかったら私が出すけど、心配はなさそうだね」

戸締まりなど最終チェックが終了し、二人でスーパーに向かった。

「黒田くんはスーパーには行くの？」

「コンビニより安いからな、でも買うとしてもジュースくらいだぞ？」

「でもちゃんと値段は気にしてるんだね。えらいえらい」

彼女は甘やかすように褒めてくる。照れを隠すように俺は頬をポリポリとかいた。

俺はふと気づいたが男女で並びながらスーパーに行く。カップルと勘違いされてもおかしくない。

そう考えた途端、へんに意識してしまうし、いつもより視線が多い気がする。

「どうしたの？　顔赤いよ？」

「い、いやぁ、なんでもない……」

「本当？　熱でもあるんじゃないの？」

彼女は俺の顔色を窺《うかが》いながら、小さくてすべすべの柔らかい手を額に当ててきた。

「えっ！　熱いよ？」

「大丈夫だからっ！　これは風邪じゃないから！」

顔が熱くなるのは彼女のせいなのに、気づいていなかった。

「風邪じゃなかったらなに？」

「そ、それは……」

言えるわけない、勝手に意識して、手を当てられて熱くなっただなんて。

「ま、まぁなんでもいいだろ」

「えー、なにそれー」

俺が言葉を濁すと彼女は眉を下げ、心配していた。

スーパーに着くと早速かごを持って中に入っていく。

「今日なにが食べたいとかある？」

「いや、特にこれといったものは……」

「じゃあ、お肉とお魚どっち食べたい？」

俺は、すこし考えたがやはりどちらがいいとかはない。

「どっちでもいいはナシね？」

彼女は目を細めながら言ってくる。逃げ道を塞がれてしまった。

「じゃあ、魚で」

ネットで魚関連の記事を見たからだ。

「じゃあ、魚を買いに行こう！」

もちろん二人でスーパーの中をまわるのだが、男女二人なので、やはりカップルと勘違いされても仕方がない。もし、学校の奴《やつ》らにでも見つかったりしたら次の日から噂《うわさ》になるに違いない。

だが、そんなことは彼女は気にしていない様で、悩んでいる俺がばかばかしく思える。

「おっ、あったあった」

「ちょっと、待って」

俺が魚を手に取ろうとしたとき、白河が止めてきた。

「こういうのにはね、新鮮な商品を見分けるコツがあるの」

「へーどんなだよ」

「まずはね、目」

「め？」

小さく頷《うなず》いたあとに、自分の大きな瞳を指さして「目」と言ってきた。

不意の可愛《かわい》さに固まってしまった。目と目を合わせた瞬間、大きく綺麗な瞳に吸い込まれる気がした。

「透明感があって、黒色がはっきりしているのがいいんだよ」

「初めて知った……」

「でも、今日知れたから、今度からは大丈夫だねっ」

可愛らしくウインクをしてくる。思わず顔や頭に手を伸ばしかける。

「あとは、魚から液体が出ていたら注意だね。鮮度が落ちてる証拠」

「へーさすがだな。普段買い物してないとわからないもんな、そういうことは」

「えへへ、でしょっ！」

白河は褒められたのが嬉《うれ》しかったのか、エッヘンといった感じで、胸を前に突き出している。

半袖のTシャツ一枚だからか、スタイルの良さがちゃんと主張をしているので、目のやり場に困ってしまう。

ただでさえ人目を引くのに、無自覚な行動はやめていただきたい。


そのあとは、野菜はもちろん、俺の部屋に足りない生活用品などを買い、店を出た。

「けっこう買ったねー」

「これくらい買わないと冷蔵庫が寂しいからな」

「でも重いでしょ？　一つ持つよ」

俺が両手に持った荷物を彼女も持とうとする。

「別にいいよ。けっこう重いし……」

「私だって意外と力あるんだからね？」

「こういうのは、男に任せればいいんだよ」

俺はそう言って彼女に言い聞かせた。

「じゃあ！　料理は私に任せてね？　とびっきり美味《おい》しいの作るから」

「それじゃあ、頼もうかな」

「うん！」

そして今、絶賛白河が料理中である。

包丁などは、奇跡的に使ってない百均のやつがあったので、助かった。

椅子に座りながら、彼女が料理しているのを覗《のぞ》く。

トントンと野菜を切り、魚をさばいている。一切無駄のない動きだった。

手際《てぎわ》が良すぎて、正直びっくりした。ここまで料理が得意だとは。

俺はそれをぼーっと見ながら
「白河はいいお嫁さんになりそうだよな」

俺がそう言うとドンッと包丁から鈍い音がした。

「な、な、なにを言ってるの⁉」

「え……なにって、いいお嫁さんになりそうだって思っただけだけど」

「お、お嫁さんだなんて、あはは……」

完全にいつもの彼女じゃなかった。いきなり手際が悪くなる。

彼女の顔は赤くなり、パタパタと手で扇《あお》いでいた。

さっきから、部屋中にいい匂いがするので、お腹《なか》が鳴り止《や》まない。

「は～い、お待たせ～」

「おおっ、すごいな」

目の前に出てきたのは、先ほど買った魚のムニエルだ。

思わず生唾を飲み込んでしまった。

「い、いただきます」

俺は、食材と作ってくれた彼女に感謝してムニエルを一口食べた。

「やばっ、こんなに美味《うま》いと肉の方も食べたくなるな」

「ほんと？　嬉《うれ》しいなぁ」

「バランスもよさそうで、身体によさそうだしな」

「そりゃあ、そういうところも考えてますので」

この味を知ってしまったら、インスタントのカップラーメンを食べられなくなる気がして、すこし怖い。

「うん！　上手にできたかも」

彼女は自分が作った料理に関しての感想を一言。

「大成功だろ……ありがとな、料理まで作ってもらって」

「ううん、いいんだよ。作った人が一番嬉しいのは誰かに美味しいって言ってもらえることなんだから」

「女神様……」

ふざけて俺がそう言うと「恥ずかしいからやめてよっ！」と顔を赤くしていた。

顔を赤くした彼女はプイッとそっぽを向いてしまう。そんなところも可愛い。

なぜか、この温かい時間が続けばいいのにと、今まで考えたこともなかったのにこの空間がとてつもなく心地よかった。

「あ、ごめんっ。このあと用事あるから、帰るね？」

しかし、そう思うと現実に引き戻される。

「え？　あぁ……なにからなにまで悪いな」

「いいよ！　そのかわり、ちゃんとこまめに掃除はすること」

「善処します……」

「約束ね」

そのことを伝えて白河は満足だったのか、満面の笑みで帰っていった。

俺は今日のことを早速、ＷＥＢ小説のネタとして書いたところ、かなり好評だった。

コメントでもヒロインが可愛いと言ってくれる人が多くなった気がする。

自分に起きた出来事を、ラノベ風に書き換えているが、ブクマしてくれる人が増えた。

自分の妄想だけでは、話を作るのに限界がある。今回、彼女のことを書けたおかげで話の幅が広がった。

第四章　今川《いまがわ》メイコは好きなことになると話が止まらない

昨日はあんなことがあったせいで、いつもより授業に集中できなかった。

何度も夢なんじゃないかと疑ったが、部屋は綺麗《きれい》になっていたし、白河が作った料理も冷蔵庫に入っていた。

「今日の残りは冷蔵庫に入れとくね？」

「ほんと助かる」

「どういたしましてー」

明日もあの料理が食べられると思うと本当に嬉しい。自然と口角が上がってしまう。

「なに、ニヤニヤしてるのー？」

「な、なんでもないよ……」

彼女には口角が上がっていたのがバレていた。

「ふーん、まあいいや」

授業終了のチャイムが鳴り、今日の昼ごはんを買うため、購買に向かおうとしたところ授業担当の先生に呼び止められる。

「黒田、お前今日日直だったよな？」

「え？　まぁ、そうですね」

「じゃあこれ」

はい。みたいな感じで、今使った授業の資料をポンと手に置かれる。

しかも案外重い。

「あの……これは？」

「資料だが？」

「それはわかるんですが……これをどうしろと」

「資料準備室に戻しておいてくれ、次の先生が使うかもしれないからな」

「いや、あの――――」

「頼んだぞ～」

俺の話を遮るように先生は被《かぶ》せてきた。俺に反論されないよう、というよりも、そもそも俺の話を聞くつもりがなかった気がする。文句を言ってもしょうがないので、俺は素直に日直として、片付けに行くことに決めた。


足元に気を付けながら、三階の教室に資料を運んでいく。

「昼間なのに、結構薄暗いんだよなここ」

そんなことをボソッと呟《つぶや》きながら、資料準備室に入っていく。

指定の場所に戻すだけなので片付けは案外早く終わった。


このまま購買に行こうと、廊下を曲がると、急に出てきた人物とぶつかってしまった。

俺はぶつかった衝撃で倒れてしまった。飛び出してきた子も尻もちをついていた。

「ご、ごめんっ。来てるの気づかなくて」

「い、いえ……わ、わたしが……悪いんですから」

「って、あれ？　今川だよね？」

下を向いていたので最初は気づかなかったが、よく見ると、眼鏡をかけており、三つ編みでクラスで最も巨乳だが、暗くて近寄りがたいと言われている今川メイコだ。

彼女が誰かと仲良く喋《しゃべ》っているのを見たことはない。

「は、はい……な、なんで」

「なんでって、クラスで一番のきょ――――クラスメイトの名前くらいはさすがに……」

危うくクラスで一番の巨乳って言いかけるところだった。

そんなことを言ってしまったら俺の学校生活は男子からはイジられ、女子からは軽蔑の目を向けられるだろう。

それ以前に、そんなことで名前を憶《おぼ》えられているのは彼女にとっても不愉快だろう。

「そ、そうですか……」

彼女は俺とぶつかった拍子に床に落とした持ち物を拾っている。

俺もそれを見て、すかさず彼女の物を拾う。

「べ、別に、拾わなくてもいい……ですよ？」

おどおどした感じが強く、雰囲気も暗い。

「いや、俺も悪かったし」

「ありがとうございます……」

彼女は小さく俺にはぎりぎり聞こえるような声で言った。

もしかしたら、初めてちゃんと彼女の声を聞いたかも？


彼女の持ち物は購買で買ってきたであろうパンとお茶。宿題でもしようとしていたのだろうか、プリントに筆記用具まで落ちている。でもある一つの本を見つけた俺は吸い寄せられるように、その本を手に取った。

やはりラブコメのライトノベルだった。

「あ、あのっ、それは……」

「これ、ヒロイン可愛《かわい》いって有名なやつじゃん」

「え、し、知ってるんですか……？」

彼女は恐る恐る聞いてきた。

「あー、読んではないけどな……」

「そ、そうなんですか……」

俺がそう答えると、彼女は目の色を変えて俺に近寄ってきた。俺はびっくりして一歩うしろに下がってしまう。

「ラノベは好きなんですかっ？」

「お、おう……アニメとか漫画とかも好き」

「私と同じじゃないですかっ！」

先ほどまでの態度とは豹変《ひょうへん》して、俺の顔近くで目をキラキラさせている。

俺は逆に戸惑いの意味を込めて目をパチパチさせた。

「あのっ、今時間ありますか？　ちょっとお話しましょう！」


そう言って、彼女に腕を摑《つか》まれ漫画研究会と書いてある部屋に連れていかれる。

俺は、流れで椅子に座ったが、なぜここに連れてこられたかよくわかっていなかった。

漫画研究会というだけあって、本やポスターがいっぱい置いてある。


「すみません急に連れてきてしまって」

「俺も止めなかったし、それはいいけど、なんで俺をここに？」

「私、ラノベとかアニメとか自分の好きな話になると周りが見えなくなってしまうので、いろいろ話したくてここに連れてきちゃいました」

今川は「ごめんなさい」と頭を下げてきた。

「本当に好きなんだな」

「はいっ！　もちろん大好きです！」

彼女の嘘《うそ》偽りない自信満々の笑顔で俺もラノベやアニメを好きなものとして、すこし嬉《うれ》しい気持ちになった。


「ど、どんなジャンルが好きなんですか？」

「えっと、ラブコメも好きだし、ファンタジーも好きだよ」

「ライトノベルの王道ですね！」

「そういう、今川はどうなんだよ」

「私もファンタジーは大好きです！　あんな世界に行きたい、いろんな魔法を使いたいと想像しちゃいますね」

「ラブコメは？」

「ひ、ヒロインの女の子に養ってもらいたいなっていつも思いながら見てます」

「お前はおっさんか」

「だってぇ……」

「お前はヒロイン側だろ」

今川はそれを聞いて、大きく手を振って否定してきた。

「わ、私なんて、そこらへんにいるモブかなんかですよっ。私があの子たちと一緒なんてありえません」

「い、いや……そんなことないと思うけどな」

「気を遣わせてしまいすみません」

そう言って彼女はしょんぼりとしていた。しかし、改めて話をしてみて、好きなことになると周りが見えなくなるところには俺と近いものを感じる。

彼女はもじもじしながら、なにか言いたそうだった。

「さ、最近はＷＥＢ小説にもハマっているんですっ」

「へーそうなのか」

「はい、そうなんです！」

俺もＷＥＢ小説は読むし、書いているので、バレないように接した。

書いてるのが知られると恥ずかしいので極力バレたくはない。

「ちなみに、どんな作品を読んでるんだ？」

「えっと……ちょっと待ってくださいね？　ブックマークを確認しますから」

そう言うと彼女は、自分のスマホのブックマークを見せてくる。

俺はスマホを渡されたので、そのまま下にスワイプして、作品のタイトルを眺めた。

さっき彼女が言っていた通り、ファンタジーが多いような気がする。


そこで俺は、ファンタジー作品が多くブックマークされている中、一つのラブコメ作品に目が留まる。

俺の作品だった。【陰キャボッチの俺に対して学校一の美少女がデレてくる】。

それを見つけた途端、変な汗が流れてきた。


画面をそっと閉じようとすると、彼女が俺の作品について、話してくる。

「この作品を読んでると私も甘やかされたくなっちゃいます」

そう言って彼女は顔を惚《ほう》けさせている。

「ちゃんと、可愛い人にこうされたい、こういう彼女が欲しいという、読者が望んでいることをピンポイントで書いている作品です」

「そ、そうなのか……」

自分の作品をこうも褒められるとさすがに照れるというより、むず痒《がゆ》い。

もちろん表情には出さなかったが、素直に嬉《うれ》しい。彼女は、俺の作品を褒め倒したあと、さらにWEBでおすすめの小説を教えてくれた。


一方的な会話が終わることはなかった。

このままでは延々と話されてしまうと思い、部室に貼られているポスターを指した。

「ポスターとかグッズもあるんだな」

「はいっ！　私の物もありますが、先輩が持ってきた物もあります」

なんとか、彼女の気をそらすことができたが、改めて見るとかなり多い。

たしかに、ひとりで持ってきたとなるとさすがにびっくりする量だ。

「やっぱりショップとか？　アネメイトとか」

「いえ……その」

今川はまたもじもじして口ごもった。

「アネメイト行ったことがないんですよ。すべてネットで買いました」

「へ？　行ったことがない？」

「は、はい。行きたいとは思うんですが、勇気が出ないというか恥ずかしいというか……」

今川は恥ずかしそうに指をいじりながら答えた。

確かに一人で行くのは勇気がいるというのは、初めてだったらあると思う。

「先輩と行けばいいんじゃないか？」

「先輩にお願いするのも恥ずかしくて、それにアネメイトには知り合いと行きたくないって言ってたので」

「こ、こだわりがあるんだな」

「はい……」

彼女はシュンとした表情ではぁと、ため息を吐《つ》いていた。

小さな子供みたいだ。

「あ、あの……一緒についてきてくれませんか？」

彼女は上目遣いで、俺にお願いしてきた。

その姿を見て庇護《ひご》欲をくすぐられたというか、放っておけなかった。

「ま、まあ、それくらいだったらいいぞ」

「へっ？　い、い、いいんですか？」

「俺は別に、誰と行っても問題ないし。もちろん今川次第だけど」

「行きますっ！　行かせていただきますっ！」

「そんな気合入れなくてもいいと思うぞ……」

彼女は目をキラキラさせて、鼻息も荒くなっていた。

子供が新しいおもちゃを買ってもらえるような反応だった。

「それじゃあ、いつ行く？」

「今日行きましょう！　こういうのは善は急げです」

「き、今日か……まあバイトはあるけど、大丈夫だ」

「やりましたっ待っていなさい！　アネメイト！」

「大丈夫だ、アネメイトは逃げないぞ」

アネメイトに行く約束をして、俺は漫画研究会の部室から出た。

教室に帰る途中、昼ごはんを食べていないことに気がついたのは予鈴のチャイムが鳴ったあとだった。

午後の授業は彼女のことを考えていた。先ほどまで彼女から熱弁されて、今日アネメイトに行くことになったとはにわかに信じがたい。

帰りのホームルームが終わり、放課後がやってくる。

「あれ黒田くん？」

名前を呼ばれたので振り返ると、長く綺麗《きれい》な黒髪をゆらゆらと揺らしている、白河がいた。

「今日は帰るの遅いんじゃない？」

「あー日直の日誌を書いてたら遅くなった」

「そーなんだ」

彼女は俺を見て、思い出したかのように聞いてくる。

「あ、昨日の残り物ちゃんと食べてくれた?」

「ああ、食べたぞ? 食べちゃいけなかったか?」

「いや、早めに食べてって言うの忘れちゃったから……でも、もう食べたなら安心」

彼女は俺の話を聞いて胸をなでおろすようにふうっと息を吐いていた。

実際、彼女の料理は美味《おい》しいので、忘れるわけがないんだが、心配していたらしい。

「あっ……じゃあさ、今日よければ一緒に帰らない?」

俺は口を開けてポカンとしてしまった。このあとなにもなければ一緒に帰っていた。

この時間帯で学校に残っている生徒はほとんど部活をやっているので、見られることはない。

二人きりで帰れる大チャンスだが、さすがに先に入れた予定を断るわけにもいかなかった。

「あー、えっと……今日はごめん。予定があるんだ」

「そっか、前に言ってたバイトとか？」

俺はなんて返事をしようか考えていたら、彼女の方から、バイトという単語を出してくれた。

「い、いや……うん、まぁそんなとこ」

彼女に向かって、そう答えると、彼女は怪しんだのか頬をむうっとさせ、目を細めながら顔を近づけてくる。

俺は、なぜか心臓の音が速くなり、変な汗まで出てきた。彼女を騙《だま》しているみたいだった。

「嘘吐《うそつ》いてる？」

この一言を聞いたとき、彼女は女の勘というやつが働くタイプだと確信した。

じりじりと顔を近づけてくる彼女に対して、俺は段々と後ろに下がった。

「い、いや、ほ、本当に今日はバイトだぞ？」

「そ、そっか……」

「悪いな、せっかく誘ってくれたのに……」

「こっちこそ急にごめんね？　バイト頑張って！」

彼女はしょんぼりした顔を見せたが、すぐに笑顔を作り、俺のことを応援してくれた。

「こ、今度、予定があったら、一緒に帰らないか？」

この流れで、言うならここしかなかった。

俺が彼女に言った後、数秒の間、沈黙した。予想外だったのだろうか、キョトンと驚いた表情をしていた。

「うんっ！　予定があったら、一緒に帰ろっ」

ほとんど、勢いだけだったが、約束してしまった。心臓がバクバクと鳴り止《や》まない。

「い、いいのか？」

「私から誘ってるんだし、他の日でいいなら、断る理由もないでしょ」

そのあと彼女は「まぁ、その時にならないとわからない時もあるけど」と一言。

さらに、フワッと笑った後

「今度は黒田くんから誘ってね？」

小首を傾《かし》げながら、長くきれいな髪の毛を揺らしながら、誘っている。

「……うん、うん」

俺は二回、返事をした。

◆

「ごめん今川、日直で遅くなった」

「大丈夫です。それでは行きましょう」

彼女はなぜか表情が硬かったが、そんなことは気にせず俺たちはアネメイトに向かった。

「あの……い、いいんですか？　私と行ったのがバレて、もし変な噂《うわさ》なんて流されたりしたら黒田さんに迷惑が」

アネメイトに向かっている途中に彼女は立ち止まって聞いてきた。

「アネメイトに行くだけで変な噂流されるか？」

「もしもの話です」

「その時は、偶然会ったからって誤魔化そうよ」

「……はい」

彼女は納得していない表情だった。

この雰囲気に耐えられそうにないから、早くお店につけと内心考えていた。歩くスピードは彼女に合わせたままだった。


「こ、ここが……アネメイト」

「どうだ？　新鮮か？」

「こんなにたくさんのアニメグッズ……ここが天国ですか？」

「全然ちがう。ただのショップだ」

彼女は目を輝かせながら商品を見ているが鼻息が荒く、キョロキョロと店内を見渡している。

俺もよく来るわけではないのでいざ店に入ると、さすがのグッズの多さに少々ビビる。

フィギュアやポスター、キーホルダーなどネットで探すのとは一味ちがう楽しさがある。

「じゃあ、まわるかー」

「了解しました！」

そう言って俺と彼女は一緒に店内をまわり始めた。

「見てくださいっ！　特典付きの書籍にフィギュアまで……か、可愛《かわい》い」

「おおっ！　見ろ今川、声優さんの色紙まであるぞ！」

「な、なんと！　びっくりです……」

そう言いながら、両手を合わせ、色紙に向かって拝んでいる。

俺は彼女と趣味を楽しむ仲間のような感覚だった。

俺もショップの空気に流され彼女が持っていたさっきのラノベを買おうとしたが、今日はお金がなかったのでそっと本を戻した。

ふと隣にいる彼女を見ると両手いっぱいにグッズを持っている。

「それ全部買ったのか？」

「はい！　止まらなくなっちゃいました」

てへへと、一見古いようなそぶりを見せてくる。しかし、その表情は普段の学校生活からは想像もできないような表情だった。

「お金は計画的に使えよ？」

「ぐぬぅ……そ、そうですね、気を付けます」

彼女はそう言って、眉を下げている。

「で、でも、こういうところ来ると、目的じゃないものまで買っちゃうよな」

「今日はじめてきた私にも効果がありますね……アネメイト恐るべし」

しかし、彼女は両手いっぱいのグッズのおかげで幸せそうな笑みを浮かべていた。

「あれ？　逆に黒田さんはなにも買わなかったんですか？」

「今川が持ってたラノベ買おうとしたけどやめた」

「理由を聞いても？」

「巻数が多くて中々、手が出なくて」

そう言うと、彼女はなにやら「う～ん」と考えていた。

なにかひらめいたのか、表情が明るくなった。

「貸しましょうか？　そのラノベ」

「え、い……いいのか？」

「は、はいっ！　今日のお礼も込めてありますので」

「い、いや……なんか悪い気もするな……」

「いいんですよっ！　気にしないでください」

「助かる、ありがとう」

　俺が一言お礼を言うと、急に早口になり、顔を赤くしていた。

「お礼なんて言われ慣れてないので、やめてくださいよ」

　そう言って、先ほど買った、グッズがいっぱい入ったレジ袋で顔を隠している。

「次はどこまわりましょうかー」

　犬がしっぽを立てて、散歩に行くのが嬉《うれ》しいといった様子に似ていた。俺はチラッとスマホで今の時間を確認した。

「あ、悪い。このあとバイトだからもう帰らないといけないんだ」

　俺は今日は帰ることを彼女に伝えた。

「そ、そうですか……」

彼女はがっかりしたのか表情が暗くなった。

「じゃあ、私も帰ります」

俺に気を遣ったのか、彼女も帰ると言い出した。

「俺にかまわず残っててもいいんだぞ?」

「一人だけでは入れませんっ! それに……」

「それに?」

「今日はお金を使いすぎてしまいそうなので、やめときます……」

なぜだろう。今日初めてちゃんと喋《しゃべ》った女の子なのに、少し親近感がわいた。

結局二人でアネメイトを出た。

「じゃあ、俺こっちだから」

「あ、はい! バイトの任務頑張るです!」

彼女は敬礼のポーズをしてくる。

「あっ、か、帰る前に、その……」

「ん？　どうした？」

「あ、あの……ＬＯＮＥこ、交換してくだひゃい！」

彼女は思い切った感じだったが、大事なところで噛《か》んでしまい、顔が真っ赤になっていた。

俺はその姿が可愛らしく、ふふっと小さく笑ってしまった。

「じ、じゃあ、交換するか」

「は、はい！」

俺は彼女とＬＯＮＥを交換した。白河の時と同様、なぜかＬＯＮＥを交換するときは緊張する。

スマホを出す手が俺も彼女も震えていた。

「ありがとな」

「それはこっちのセリフですっ。こんなに買っちゃいました。満足です」

「もう一度言うが、お金は計画的に使えよ？」

俺はそう言って、彼女と別れた。

第五章　生田友梨奈《いくたゆりな》というバイト先の小悪魔

アネメイトから俺はバイト先のファミレスに直行した。高校一年生の夏から始めたバイトは一年を迎える。

バイトを始めたきっかけは友人が俺のことを誘ってくれたのが始まりだった。だが結局、友人は数か月で辞めてしまった。

それに、人と接することでなにか変われるかもしれないと思った俺は今のバイトを続けている。

「おはようございます！」

挨拶をしたら、早速制服に着替え、タイムカードを切りホールに出る。

今日は平日なので休日よりは少ないがお客さんもちゃんと入っている。

この仕事も、一年近くやっているのでさすがに慣れている。前までだったら平日も地獄のように感じていたのに。

でも、なんだかんだ上手《うま》くやっている。周りの人たちもいい人ばかりだ。

ホールに出て三十分くらいが経《た》ったとき「おはようございます〜‼」と元気で大きな声が聞こえてきた。

その声を聞いた瞬間に重石《おもし》のようなものが、自分の肩に乗っかったような気がした。

俺の平和だったシフトがこのあと疲労の二文字に変わるだろう。

「あれっ？　せんぱぁい今日シフト一緒だったんですねー」

「そ、そうだよ悪いかよ」

「悪いなんて一言も言ってないじゃないですかー」

この憎たらしい声で、人を煽《あお》ることが上手そうな女子高校生は生田友梨奈。高校一年生の後輩で身長は低いが、色素が少し抜けた茶色の髪の毛が特徴でとても生意気だ。

「い、いいから、お前も働け」

「はーい、わかってますよーだ」

ぶつぶつ俺に文句を言いながら、制服のしわを正して注文を取りに行った。俺に無駄口をたたく前に働けと思う。

生田は本当にいまどきの高校生という感じなのだ。

流行に敏感だったり、SNSを頻繁に使っており、オンスタというアプリの投稿も見せてもらった。

俺は今どきの流行《はや》りとかに無知なだけで、今の女子高校生はみんな生田みたいなものなのだろうか？　白河や今川も。

「いつまでもここで立ってないで、さっさと着替えてこい」

「え？　なんですか先輩、私の着替えに興味あるんですか？」

「なっ⁉　そ、そんなわけないだろっ！」

「キャーこわーい」

彼女はそう言って、ストラップが付いた鞄《かばん》の音を立てながら、更衣室へ向かった。

着替えから帰ってきた彼女の制服姿は意外と様になっている。

「先輩、なにジロジロ見てるんですか」

「べ、別に、見てない」

「え～？　今、絶対見てたじゃないですか」

「よーし、今日も働くぞー」

背伸びしながら、注文を取りに行こうとすると、彼女は俺の制服を摑《つか》んでくる。

襟元を摑まれた俺は「ぐえっ」と変な声を出してしまう。

「な、なんだよ！　危ないだろっ」

「ちょ、教えてくれるまで聞き続けます」

「ああ……そう」

俺は彼女の話を無視して注文を取りに行こうとする。

「教えてくれるまで、働きません」

「それは店に迷惑だろ」

俺は一旦こうなった時の彼女はなにしても言うことを聞かないか、機嫌を悪くするかの二択だと知っていた。

「わかった、言うから……」

俺が観念すると、彼女は制服を掴んでいた手を離す。

「それで？　なんで私のことジロジロ見てたんですかっ？」

「そ、それは……制服姿が様になってたから……」

「それだけですか？」

「そ、そうだよ」

俺が照れながらそう答えると、彼女は甲高く笑っていた。

「今更なに言ってるんですか？　もう見慣れたものでしょ」

「そ、そんなこと……」

「まあ、先輩が見惚《みと》れちゃうのはわかります。正直私可愛《かわい》いですもんね？」

「い、いや……そこまで言ってな――」

「それじゃあ、注文取ってきますねー！」

そう言って、俺が喋ろうとしたとき話を遮りながら、元気よく注文を取りに行った。

話を遮ったのはわざとだと確信していた。

「なんか、バイト先に来ただけで疲れることってありません？」

「い、いやぁ……行きたくないとかはたまにあるけど……」

「学校疲れたので、ちょっと休憩入りますね」

彼女はそう言いながら、壁に寄りかかっている。

「おい、待て早速サボろうとするな」

俺がそう答えると、彼女はむくれていた。

「私だってすこしは仕事しましたよ」

「あのなぁ……まだ一時間も経ってないぞ」

「やりますよ、冗談が通じないなぁ」

そう、頬を膨らませてぶつぶつ文句を言いながら、彼女は店内の掃除に向かった。

すこし手が空いたので、俺は彼女がちゃんと掃除しているか見に向かった。

すると、ブラシを横に置いて、スマホをいじっている。

「またサボってるのか……」

「ち、違いますよっ！　やってましたよ！」

「過去形だな」

俺が指摘すると、彼女はぐぬぬ……と言い返せなくなっていた。

「先輩だって休憩まだなのに、見に来てるじゃないですか」

「そ、それはちゃんとやってるか心配で……」

俺がそう言うと、彼女はニヤッと笑った。

「ええ～？　先輩、心配してくれたんですか～」

「お、お前のことじゃないぞ？　店のことをだな……」

「え？　誰も私のことなんて言ってませんよ？」

「……」

「黙っちゃって～可愛いですねぇ」

「……さ、さっさとしろ！」

声が裏返りながらも彼女に対して、俺なりに怒る。が普段あまり説教や怒るなんてことがないから、先輩として怒れているのかわからない。

むしろ、からかわれている方が多いし、彼女の方が先輩に思えてきた。

「先輩、お客さんなんか増えてきてませんか？」

掃除から帰ってきた彼女が俺に言ってきた。この時間になってどっとお客さんが増えてきた。

平日の夜は比較的空いてるイメージなのだが、今日は混んでいる。

「そ、そうだな、忙しくなってきたな。ちゃんとふざけないで働けよ」

「私をなんだと思ってるんですか！」

「すぐに、サボる。ウザい」

「ウザいは酷《ひど》くないですかっ！」

「いや、サボってることを否定しろよ」

ついついツッコミを入れてしまうのも彼女を調子に乗らせてしまう原因なのだろうか。

全然仕事をしていない。できないというわけじゃないのだが、すぐにサボろうとする。

それに、なぜかいつも俺に見つかるところでサボり始めるので、俺が注意しなきゃいけないのが一番めんどくさい。

サボるならバレないところでやれ、といつも思ってしまう。

実際のところ暇な日というものはあるので。


ひどいっすと言いながら、泣く真似《まね》。ぐすんぐすんとか明らかなウソ泣きをしている。

「で、でもまぁ、明るいし？　本当に悪い奴《やつ》じゃないことは知ってる」

俺が続けてそう答えると、ニヤリと笑いながらこちらを見てきた。

「やっぱり、結局は先輩も私のこと好きなんですねー」

「なんでそうなる……」

そのあとは忙しくなったので、彼女にかまってる余裕なんてものはなかった。

彼女も、先ほどみたくサボったりせずしっかりと働いていた。


「黒田くん、生田《いくた》ちゃんと休憩入っていいよ」

「わかりました」

店長から休憩と聞いて、ふっと肩の力を抜いた。

「あっ、そうだ店長。生田のことどう思います？」

もうこの際だ、店長に彼女についてどう思っているか聞いた。

「生田ちゃん？」

「はい。最近サボってると思うんですけど」

「いや？　生田ちゃんは明るくて、きちんとお仕事してくれてるよ？　それに彼女は人気あるからねー」

店長のその一言を聞いて俺はまさかと思った。

「店長……まさかこの時間帯の急なお客さんの多さって……」

「生田ちゃん目当てのお客さんが多いだろうね」

それを聞いて、ふと彼女の働いている姿を見る。すると、お客さんと楽しそうに喋《しゃべ》っている所やせっせとお皿を片付ける彼女の姿があった。

「店長、すみません。休憩はいります」

俺は店長にそう言って彼女に伝えに行く。

「おい、生田。休憩だってよ」

「へっ？　あぁそうですか」

いつもみたいに、からかって来るかと思っていたが疲れていたのか予想と違った。

その様子を見て、彼女と初めて出会った頃を思い出していた。


俺が初めて彼女に会ったのは、今年の四月のことだった。

「黒田くん、今日から仕事に入る生田友梨奈《ゆりな》ちゃんね」

店長に、仕事が始まる前に紹介されたのが初めての出会いだ。

「ど、どうもよろしくお願いします」

「こちらこそよろしくお願いします」

その時は、軽い挨拶をする程度だった。

「あの……黒田先輩、仕事って具体的に何すればいいんですか？」

「……え？　あぁ、俺か」

「はい」

「そ、そういうのは店長に聞いた方がいいんじゃないか？」

俺は教えるのが上手じゃないし、まだ一年目のバイトより店長に聞く方がいい。

しかし彼女は

「店長が黒田先輩に聞けって……」

「本当かそれ？」

「あと、もう一つ、教育係も頼むって言われました」

俺が教育係になるなんて思ってもいなかった。

「まぁ、店長に言われたらやるしかないよな」

「それで、仕事は……」

「それじゃあ、まずは」

俺は彼女に一から店の仕事を教えることになった。まずは掃除からやってもらうことにした。

最初は順調だった。シフトが一緒だから、彼女の教育はできるし、それなりに覚えもよかった。

しかし、慣れてきた頃だった。

パリンッと皿が割れる音とともに、五十代くらいのおじさんの怒鳴る声が聞こえた。

「なにするんだっ！　料理も台無しだし、破片は危ないしどうするんだっ！」

その日は人が多く、俺も彼女のことをあまり注意して見ていなかった。

「ご、ごめんなさっ――」

「私の時間はどうするんだっ！」

彼女が謝ろうとしたときにおじさんは被《かぶ》せて怒鳴る。

こういう時、わざと被せているんじゃないかと思う。

「生田ちゃんかわいそうだね……」

周りのスタッフが彼女のことを憐《あわ》れんだ目で見ていた。

彼女は急に怒鳴られて、どうしたらいいのかわからなくて、パニックになっていた。

慌てて、お客様に何度も頭を下げている。

「ほ、本当にごめんなさいっ……」

彼女の声は段々と小さくなっていった。

今、自分にできることは、遠くから彼女が怒られているのを見守ることじゃない。

彼女に寄り添い、一緒になにか対策をとるべきだ。

「教育係だもんな……」

ぶつぶつと何か喋《しゃべ》りながら、彼女の方へ向かう。

俺だって巻き込まれたくはない。でも、避けちゃいけない気がした。緊張しているのか心臓がバクバクと鳴る。

「お、お客様っ、ど、どうされました？」

オタク特有の早口になってしまう現象が出た。

「この子が料理を落としたんだよ、皿も割って破片が危ない。なにより私の時間を無駄にしたっ」

「そ、そうでしたか、大変申し訳ございません」

俺は激怒しているお客様に頭を下げる。

「すぐに、代わりの物を用意しますので少々お待ちくださ い」

「早くしてくれ！」

俺はすぐに、厨房《ちゅうぼう》に行き、もう一度同じ料理とサービスのデザートをお願いした。

「すみません、お待たせいたしました」

「なんだこれは」

自分が注文してない品が来て、お客様は戸惑っていた。

「これは、先ほどのお詫《わ》びの品、つまりサービスでございますのでお代はいただきませ
ん」

「サ、サービスってことなら、もらっておこう」

ブツブツと文句を言いながらも、デザートはしっかりと食べる。

「まったく、使えない子を雇っているんだな」

おじさんは生田に聞こえるようにそう言った。

「彼女は、とてもよくやってくれています」

「だが、失敗したではないか」

「誰だって失敗することくらい、あるでしょう」

俺はそう言って、一礼してその場を去った。

「あ、あの……ごめんなさい。私が悪いのに」

「いや、ミスは誰にだってあるだろ」

「でも……報告書だって」

店長には彼女のミスではなく、自分がミスをしてしまったと嘘《うそ》を吐《つ》いた。

報告書ももちろん俺が一人で書いた。

「今回のミスは俺の責任だ」

「でも……」

「新人のミスは教育係の俺の責任だから」

「あ、ありがとうございます」

「あ、あと……さ、さっき客に言われてたことは気にしなくていいぞ」

俺は言った後に、恥ずかしくなってしまい、身体《からだ》をよじり彼女に顔を見られないようにした。

「あはっ、先輩って優しいですよねっ？」

彼女は一人で笑っていた。

◆

「先輩？　休憩しないんですか～？」

「今するよ」

休憩室に入り二人とも椅子に腰を下ろす。

「なぁ、お前さ今日みたくサボらずやれよ」

「先輩がいない日はサボってません」

「なんで俺がいる日はサボるんだよ」

店長もさっきああ言ってたし、こいつの言ってることは嘘ではないとわかる。

でも、じゃあなんで俺がいるときだけと疑問に思った。単純に反応が面白いからなのか、ただの嫌がらせか。

「ひみつ」

全然可愛《かわい》らしくない答えだった。

こういう時は変に追及しないで、引いた方がいい。

疲れていたのか、会話はそれで終了した。

若い高校生二人の空気とは思えないほど静かだった。

俺がスマホでネットニュースを見ながら、缶コーヒーを片手で飲んでいると、彼女が横目でチラチラと見てくるのが気になった。

「なんだよさっきから」

「あ……いやあ、その……」

「なんだよ、いつもと違ってなんか変だぞ？」

いつもはもっと、はきはき喋《しゃべ》ってくるのに恥ずかしがっているのか、もじもじしていた。

「先輩って付き合ってる人いるんですか？」

単刀直入というか、まわりくどい言い方をしないで聞いてきた。

「ぶへっ！　い、いきなりなんてこと聞いてるんだ」

あまりの直球さにむせてしまった。

俺のことをバカにしようとして聞いたのかと思ったが、今回は俺を小ばかにしてくる様子はなかった。

「いないよ。俺にできるわけねえだろ」

「あっ、そーなんですね……」

そう言って、髪の毛を手に絡《から》ませてくるくるとしている。

「なんでそんなこと聞いたんだよ」

「ちょっと、気になっただけです」

男の恋愛事情が気になるものなのだろうかと疑問に思った。

「お前はどうなんだよ」

「へ？」

「彼氏くらいいるんだろ？」

「いないですよ」

てっきり「彼氏の一人や二人くらいいますよ！」とか言ってくるかと思った。

俺が明らかにびっくりする様子を見た生田《いくた》はため息を吐いていた。

「なんで私に彼氏がいないとそこまでびっくりするんですか」

「だって、お前モテそうだし」

別に、嘘ではなく今まで生田と接してみた率直な感想だった。

彼女は、明るいし、美意識も高いしなにより、男子との距離感の掴《つか》み方が上手だ。

コミュ力が高いと言った方がいいのだろうか。

相手がここまでやられたら嫌ということをわかっているのか、ライン越えをしてこない。

充分にモテる要素はそろっていると思う。

しかし、何気なく言った言葉が生田に火をつけてしまった。

「まぁ？　モテない先輩とは違って？　私は可愛いので超モテまくりでいつも困ってるんですけどねぇ？」

「一気にウザくなったな」

俺はこういうところがコイツを苦手としている部分なんだと再認識した。

自信があるのはいいことなんだが、自信がありすぎるのもちょっとどうかと思ってしまう。

「先輩も私の可愛さにやっと気づきましたか」

「可愛いなんて一言も言ってないだろ」

「いいですよ、恥ずかしがらなくて」

「ダメだ、話が通じない」

水を得た魚のようにここぞとばかりに畳みかけてくる。

話に付き合うだけ無駄だと感じたので、相槌《あいづち》だけうって、それ以外は適当に流していた。

「もう、先輩聞いてますか？」

「ああーきいてるー」

「絶対聞いてない人の反応じゃないですかそれ」

さすがに、喋るのをやめたのかと思いきやまだまだ彼女は余力十分だった。

「先輩、付き合ってる人いないんですよね？」

また、同じことを聞かれたので俺はめんどくさそうに答えた。

「あぁ、さっきも言ったろ？　いないって」

「えぇ〜じゃあ、この超絶可愛い私が先輩の彼女になってあげましょうか？」

「ちょっと待て、お前は一体何を言ってるんだ？」

急にそんなことを言われても理解が追い付かなかった。

スマホから目を離して、生田の方を見ると、生田はニヤニヤと小悪魔的な笑みを浮かべていた。

　この時点で俺をからかっているだけだと気づいた。

「本気にしちゃいました？」

「するわけないだろ。アホ」

「本当かなぁ、結構本気にしてた感がありましたけど」

「からかうのもいい加減にしろよ」

「キャッ、こわ～い友梨奈《ゆりな》泣いちゃう」

　えーんえーん、と大げさなウソ泣きをしてくるところも余計に腹が立つ。

「先輩、休憩終わりです」

　俺は休憩終わりという言葉に疲れている身体《からだ》を持ち上げ、もう一度ホールに出る。

　どっと疲れた。休憩どころか、仕事をするよりも疲れたような気がしていた。

「あとすこし頑張るか……」

　ため息混じりの声は、休憩室に静かに消えていった。

　その日の勤務が終了して、俺は制服に着替え店の前で待っていた。

「すみませーん。遅くなっちゃって」

謝罪とともに来たのは、見慣れない制服の生田友梨奈だった。

他の学校の制服を見るのは、すこしだけ新鮮な気持ちになる。


「いいから、もう夜遅いし帰るぞ」

「はーい」

生田とは帰る方向が一緒なので、シフトが一緒の時はこうして一緒に帰っている。

普段は、一回した話はあまりしないのだが今日はなぜかもう一度恋バナをしていた。

「先輩って好きな人もいないんですか？」

「今はいないけど、幼稚園の時は好きな人いたかなぁ」

「誰ですかっ⁉」

思ったより話に食いついていた。

「いや……覚えてないよ。それに、幼稚園の時なんて好きって感情もホントだったかわからないし」

「えーホントに覚えてないんですか？」

「じゃあ、お前は覚えてるのかよ」

俺が聞き返すと、生田は「う～ん」と言いながら悩んでいた。

「そう言われると……」

「だろ？　案外覚えてないもんなんだよ」

俺が彼女に賛成を求めると頭を縦に振っていた。

「私はそもそも、幼稚園で恋愛感情はなかったです」

「そうなのか？」

「はい、男子とはあまり絡んだ記憶がありません」

彼女の幼稚園の話を聞いたあとは暗い道を帰るだけだと思っていたのだが、俺のスマホのＬＯＮＥにメッセージが届く。

今川から『今日は本当にありがとうございましたっ！』という感謝の内容だった。

「そっかー、先輩にも女の子から連絡くるんだー」

「ひっ！　き、急になんだよ」

生田が俺のＬＯＮＥを覗《のぞ》き込んでいた。

「彼女ですか？　いまの」

「なんで、答えなきゃならないんだ？」

俺がそう聞くと彼女は脇腹をつまんでくる。

「いてて！　彼女じゃないよ！」

「そうですか……」

それを聞いてやっと落ち着いた様子を見せる彼女をよそに俺はさっきつままれたところをさすっていた。

「なんなんだよ……」

「いや？　別になんでもないですよ？」

俺が彼女の方を向くと、プイッとそっぽを向いてしまう。

「なんでちょっと不機嫌になってるんだよ」

さっきよりも、生田の機嫌が悪くなっているのはわかった。

だが、その理由がわからない。よく、怒っているのはわかるが、その理由がわからないので余計に怒らせるみたいなのをテレビで見たことがある。

俺は、このまま黙って話を聞くことにした。

「もし、その人とまた再会したら、超ロマンチックじゃないですか」

「そんなことはないと思うけど、あったらいいな」

「ズルいです。私もそんな出会い欲しいです。なんかムカついてきました」

「なんでお前がムカつくんだよ」

イライラの矛先を俺に向けられたって困る。

俺だって彼女のことを忘れてるし、彼女だって俺のことを忘れている筈《はず》だ。

なぜか今日は、そんなするか？　ってほど恋バナをした気がする。


「あっ！　先輩見て、猫！」

彼女は嬉《うれ》しかったのかワントーン上がった声で野良猫《のらねこ》を指さしている。

暗闇で光る眼《め》を見て俺はすこし恐怖すら感じた。

「にゃ～にゃ～」

彼女は、猫の鳴き声を真似《まね》して野良猫に話しかけている。

「なにしてんだ？」

「なにって、猫ちゃんと会話ですよ」

「できるのか？　そんなので」

俺がそう聞くと、聞き方が悪かったのかムッとした表情になったのはわかった。

「あっ！　わかった先輩、猫語できないんだ」

なんだそれとツッコみたくなるところを我慢した。

「できないよ」

「私はできるから！　んにゃ～」

彼女がまた猫の鳴き声を真似すると「にゃー」と本物の猫が鳴いた。

「ね？　ね！　言ったでしょ？」

「お、おう……すごいな」

「へへへ～私はすごいんです」

そう言いながら、得意そうにしていた。

彼女はいつも通りあざといというか、ウザい後輩だった。他の男子はあれをあざと可愛いとか思ったりするんだろうか。

「じゃあ、今日もありがとうございました！」

駅に着くと、元気な声で丁寧にお礼を言われる。

「気を付けて帰れよ」

「はーい。先輩も猫語覚えてくださいね！」

そう言って、改札をくぐっていった。

俺はそれを聞いて、絶対に無理だろと苦笑いするしかなかった。

第六章　傘を借りるのも誰でもいいわけじゃない

「これで、ホームルームを終わる。起立ー礼」

担任が帰りのホームルームを終わらせて教室から出ていく。

ホームルームが終わるころには天気予報が外れて雨が降っていた。

教室からは「まじかー」「傘持ってきてねーよ」などの声が聞こえてくる。

俺は天気予報を見間違えて雨だと思っていたので傘を持ってきていた。

「強くなる前にさっさと帰るか……」

ボソッと呟《つぶや》いてバッグを持って教室から出る。

下駄《げた》箱まで行くと、親に迎えを頼んだり、貸し出しの傘を借りている生徒もいた。

しかし、俺は一人の生徒に目が行った。いや、俺だけじゃない、周りの生徒もその生徒を見ている。

「白河さん！　傘よかったら、使って？」

一人の男子生徒が彼女に傘を貸そうとぎこちない動きで渡しに行った。

「ううん。大丈夫！　そんな事したら君が濡《ぬ》れちゃうでしょ？」

「あ……はいっ」

笑顔で丁寧に断っていた。男子生徒は彼女の優しさは嬉しいがなんとも納得いっていない表情だった。

俺は彼女に声をかけるか迷ったが、周りにはまだ生徒も多いし、目立ちたくないので声はかけずに家に帰ろうとした。

ところが、彼女は俺に気づいていたのかさっきからこちらをずっと見ている。

な、なんなんだ？　あの察しろと言わんばかりの目は……。

「あーあ、誰か傘持ってる人いないかなー？」

そう言って、彼女は首を傾《かし》げながらゆっくりと近づいてくる。

俺は顔を下に向けながら彼女の顔を見ないようにしていた。

「んー？」

するとと彼女はしゃがんで、俺の顔を下からのぞき込んできた。

大きな瞳をパチパチさせながら俺を見つめてくる。

「さ、さっきの男子持ってただろ」

「そ、それはそうなんだけどさ」

周りの生徒がチラチラとこちらを見る視線がわかる。白河綾乃《あやの》という学校の誰もが知っている美少女がどこのだれかわからない俺と話しているからだ。

俺はこの空気から早く解放されたかったので、傘を貸すことにした。

「わ、わかった！　ほら、これ」

「え？」

「傘使えよ、俺は濡れても平気だから」

「平気なわけないでしょ！」

「じゃあどうすんだよ」

このままここで譲り合いをしたところで、なにも進まない。それどころか時間だけが過ぎるだけだ。

「そ、それならどう？　ふ、二人で使うの」

「なんでわざわざ……」

「いいでしょ？　それなら二人で傘を使えるし」

「でも一つだけ条件がある」

「なに？」

こんなに人がいる中一緒に帰ったりしたら次の日には噂《うわさ》になるに違いない。

だから俺はもうすこし生徒がいなくなってからという条件を付けた。

「だいぶ少なくなったな」

「残ってるのは部活動とかの生徒くらいだろうね」

「じ、じゃあ……帰るか」

「……うん」

彼女はなぜか返事をしたとき下を向いていた。ほんのり頬が赤く染まっている気がした。

しかし、変に気を遣ってしまいただ帰るだけなのに緊張する。

彼女が濡れないようにと、傘を少し彼女寄りにさせたり、身体《からだ》が当たらないようにしたり、注意を払っていた。

「あっ！　肩濡れてるじゃん！」

「あぁ……いいよこれくらい」

「ダメだよ！　ほらっもっと寄って」

そう言って、俺の方に身体を近づけてくる。それに対して遠ざかろうとすると身体をくっつけて止めてくる。

「こ～ら、濡れるでしょ」

「は、はい……」

近づいたせいでさっきよりも意識してしまう。

しかもくっついているせいでいろんなところが当たっている。うでに柔らかい感触が……

俺はその声でふと我に返る。屋根付きのバス停の前ですこし髪の毛を濡らした生田《いくた》が立っていた。

「あれ～先輩？」

「生田……」

いつものような、俺をからかってくる小悪魔の様子はなく、どこかシャキッとしていた。

生田の目線は俺から俺の隣へと移る。

「黒田くんの知り合い？」

「あぁ、バイト先の後輩で生田っていうんだ」

「生田友梨奈《ゆりな》で～す！」

生田は元気な声で初対面の白河に挨拶をする。

「黒田くんと同じ学校の白河綾乃って言います」

白河は落ち着いた様子で生田に挨拶をしたあと綺麗《きれい》にお辞儀をしている。

「じゃ、俺たちはこれで……」

そう言って帰ろうとしたとき、生田に止められる。なにもなしでは帰らせてくれないのだろうか。

「先輩、彼女いないって言ってませんでしたっけ」

「はぁ？　なんで今そんな話に……」

「いいから」

なぜかすこし不機嫌になっている生田を見て、なにかやらかしたのかと怖くなる。

しかしいつものような不機嫌ではなく、どこか悔しそうだった。

「いないよ……」

「じゃあ、そのお隣のとても可愛い女性は彼女じゃないんですか？」

隣の女性、そう言われてハッと気づく。この状況どっからどう見てもカップルにしか見えないじゃないか……。

「なんで悔しそうなんだよ……」

「先輩に彼女なんて、しかもこんなに可愛《かわい》い……」

「可愛い……」

白河がボソッとそう呟いていた。自分が褒められて照れているのか髪の毛をくるくると指で巻いている。

「そんなわけないだろ」

「まぁ、私の方が先輩と仲良くなったの早いですしね！」

「なに張り合ってるんだ、てか勝手に仲良くなったとか言うな」

「え〜？　なんでですか〜」

俺は事実を言った。現に白河とは付き合ってない。

生田はなぜか安心した表情をしていた。しかし今度は隣の白河が不機嫌になっている。

乙女心が難しいとはこういうことだったのだろうか。今ならわかる気がする。

「あの……白河？」

「なに？」

「脇腹をつつくのやめてもらってもいいでしょうか？」

「友達じゃないんだ？」

さっきから白河がムスッとした表情で俺の脇腹をつついてくる。

「誰もそんなこと言ってないだろっ」

「ふ〜ん、まぁ、仲良くなるの遅かったもんね」

「なんで怒ってるんだよ」

なぜかさらに不機嫌になり、脇腹をつつくのを強くしてくる。

「地味に痛いんだが」

「ふんっ」

やめてはくれたものの、まだムスッとした表情だった。

「本当に付き合ってないんですか？」

「付き合ってないよ、どうしてだ？」

「いや……ねー？」

「なんなんだよ」

生田は俺を見ながら苦笑いしていた。

「あっ！　そーだ先輩今日バイト来てくださいよ～」

「はぁ？　なんでだよ」

「人手が足りないかもしれないんです～」

「他の人に頼め」

なんでもかんでもお願いしてやってもらえると思ったら大間違いだ。しかも足りないかもしれないという不確かな情報でお願いをするなと声を大にして言いたい。

「バイトに行くのでそれでは」

「あぁ……」

「またシフト同じ日に！」

大きく手を振る生田を背に俺たちはその場から去った。

「仲いいんだね」

「そうか？　そんなことないと思うけど……」

「生田さんは私の知らない黒田くんを、知ってるんだなぁって思って……」

そう言って、彼女はなぜか頬を膨らませている。先ほどとは違い怒っている様子でもなかった。

だが、どこか寂しそうな、悲しそうな表情だった。

なぜだろうか、すこし胸が痛くなった。

「生田さんだっけ？　可愛いよね？」

「店長とかもみんな可愛いって言ってたな」

「黒田くんはどう思うの？」

俺が生田のことを可愛いと思っているかどうかと聞かれると、考えたことがなかった。

バイト仲間としか思っていなかった。

「う～ん、考えたことなかった」

俺がそう言うと「本当かなぁ？」と目を細めながら疑ってくる。

「黒田くんさ、学校で傘貸してもらうの、他の男子生徒でもいいんじゃないかって言ったよね？」

「あ、あぁ……言ったな」

「でもね……あの子私は顔も名前も知らなかったの」

俺はここで一つ気が付いた。彼女は可愛いと学校でも有名だからほとんどの生徒が顔と名前を知っている。

だが、彼女からしたら顔と名前、ましてや学年なんて知らない人の方が多いのだと。

彼女は俺の袖をぎゅっと強く握ってくる。

「傘を借りるのも、誰でもいいってわけじゃないんだよ？」

「……お、おう……」

上目遣いで、俺に訴えかける大きな瞳と赤いふっくらした唇とほんのり赤くなった頬、すべてが俺の理性を崩壊させようとしていた。

だから、自分を落ち着かせるので必死だった。

するとすぐ横を車が通った。危ないと思い俺は無意識に彼女のいる右側に寄っていた。

そして俺の身体《からだ》が彼女とぶつかる。

「あっぶなー、速度本当に守ってんのか？」

「あ、あの……」

彼女は困った様子で、顔を赤くしていた。

「わ、悪い、危ないと思って……」

「そういうところだよ……」

「ん？　なにか言ったか？」

「いや、なにも言ってないよ」

たしかになにか言った気がするが、俺の気のせいかと別に気にしなかった。

俺はすぐに彼女の身体から離れたが、彼女はポスッと身体をまた寄せてくる。

「や、やっぱり濡《ぬ》れちゃうから……」

彼女は耳まで真っ赤になりながら言った。

断ることもできたが、する必要もないし、できるわけがなかった。

「……はい」

俺の小さな声は雨の音にかき消された。

そのまま、歩いていると、ここに来る前にもあったが電柱や壁に今週の夏祭りの知らせの紙が貼ってある。

「黒田くんは夏祭りとか興味ある?」

「どうしたんだ？　急に」

「ちょっと、気になって」

「夏祭りか、最近は花火を家から眺めるだけだったな」

「そっか……」

彼女から夏祭りと聞いて最初に想像したのは花火でも屋台でもなく白河綾乃《あやの》の浴衣《ゆかた》姿だった。

彼女の浴衣姿が見られるのなら今年は家からただ花火を眺めるんじゃなく、会場に行こうかなと考えていた。

「そういう白河はどうなんだ？」

「私は、妹がお祭りとか好きだからそれの付き添いの時もあるし、友達に誘われたときは行くくらいかな？」

「ゆ、浴衣とか着るの？」

「え……？　浴衣かぁ、着ていくときもあるかな？」

「へ、へぇ～」

着ていくときもある。可能性がゼロではないことを知り、俺は本当に夏祭りに行こうかすこし迷っていた。

「あ、あのさ……」

彼女が歩くのをやめ、俺のことを呼び止めてくる。

「どうした？　速かったか？　歩くの」

「歩くスピードを合わせてくれてるのはすごく助かる……ってそこじゃなくて！」

「じゃあ、なんだよ……」

「だからあれ……」

最後の方がぼそぼそとなにを言っているのか聞こえなかった。

「え？　なんて？」

彼女に聞き返すと、スーハーと深呼吸をしている。

「妹が行きたがってるんだよね、だから……黒田くんも一緒にどうかなって」

「……え？」

「え、じゃなくて、どうなの？　やっぱり女子と行くのは嫌？」

「いや、そ、そういうことじゃなくて、冗談じゃないよな？」

俺が恐る恐る彼女に聞くと彼女は頬をぷくっと膨らませながら、俺の方を睨《にら》んでくる。

「冗談なんて言うわけないじゃん！」

「わ、悪い……女の子から誘われるなんて初めてだったから、その、なんて返せばいいのかわかんなくて……」

「ぷっ、ふふっ」

「あ、おい！　今笑っただろっ」

「ごめんごめん。反応が面白くてつい」

彼女はまだすこし笑っている。しかし不思議と嫌な気持ちではなかった。

「じゃあ、大丈夫ってことでいい？」

「あぁ、そういうことでいい」

「じゃあ、今週の日曜日は一緒に夏祭りまわるということで決定！」

彼女はそう言って笑顔で右手をグーにして空に向かって突き上げていた。


そのあとは、彼女の家まで送っていき、玄関の前でぴたりと止まる。

「今日はごめんね？」

「いや、いいって……」

「でも、わがまま言っちゃったし」

彼女は俺に傘に入れてもらったことを反省しているのか、眉を下げてしょんぼりしている。

「可愛《かわい》いわがままだろ、それに嫌じゃなかったし……」

「本当？」

「最初は驚いたけど、気にしてない」

「そっか……」

彼女はどこか申し訳なさそうにしていた。

「白河、浴衣って着てくるのか？」

「へ？　浴衣？」

「いや、その……見てみたいなって思って」

「着てく！　絶対着て行くね！」

「お、おう……ありがとう」

彼女はグイッと顔を寄せ強めに浴衣を着て行くことを伝えてくれた。

俺は今から夏祭りが楽しみで仕方なかった。

「じゃあ、またね。黒田くん」

「あぁ、また」

彼女は扉を開けて家に入っていく。そのうしろ姿を見届けたあと、俺も家に帰ろうとしたとき、ガチャッと扉の開く音がした。

「待って！　黒田くん！」

帰ろうとしたときに彼女に呼び止められる。

「今日は傘に入れてくれて、ありがとう！」

「いや、大したことしてないよ」

「黒田くんにとってはそうでも、私にとっては嬉《うれ》しいことだったの！」

満面の笑みを向けてくる。やはり彼女は笑顔が似合う。

俺は手を振ってから自分の家に向かった。

家に帰って、ご飯や風呂《ふろ》をすませたあとメッセージが届いた。今川からのＬＯＮＥだった。

『約束していたラノベ今週にでも取りに来ませんか？』

という内容だった。

『日曜日の午前中で大丈夫そう？』

『はい！　大丈夫です！』

すぐに返信がきてびっくりした。俺も『了解』とだけ送ると、アニメのキャラのスタンプが送られてきた。

会話を広げた方がいいのか、それともしつこくしない方がいいか五分くらい悩んでいたら、今川からまたＬＯＮＥがきた。

『おやすみなさい！』

時計を見ると、二十三時を過ぎていた。

『おー、おやすみー』

またスタンプが送られてきた。今度はアニメのキャラが布団《ふとん》に入っているスタンプだ。

第七章　ラノベと夏祭りと生意気な後輩

朝ご飯を食べたあとに、鏡を見ながら髪の毛を整えている。

いつもだったらこの時間はベッドに潜り込んで爆睡をかましているのだが、今日は今川の家に遊びに行くので、最低限の身だしなみはしていくつもりだ。

改めて女の子の家に行くなんて、緊張する。この緊張はどれだけ時間が経《た》っても克服できそうにない。

さっきLONEを確認したら彼女から『家の近くまで来たら教えてください』とメッセージと一緒に画像が送られてきた。

『ここが私の家です』

と位置情報が送られてきた。俺の家からだとすこし遠かった。

「自転車使うか……」

俺は一言呟《つぶや》いて『わかった、着いたら教える』とLONEで返した。

俺は位置情報で彼女の家までの道のりを確認していた。

顔の横を通る風が気持ちいい。そんなことを思いながら俺はペダルを強く漕《こ》いだ。

今川の家には自転車で二十分かからないくらいだった。

『着いたぞー』

俺がＬＯＮＥで彼女に送ると『いまいきまく』と誤字っていた。

ガチャッと扉が開き、すこし息を切らした彼女が出てきた。

長い髪の毛を結んでいて、ナニがとは言わないがＴシャツの上からでも大きいのがわかる。

「わ、悪いな……早すぎたか？」

「い、いえっ！　そんなことはないですよ」

「ならよかった」

早く家に着きすぎても相手に迷惑だろう。今川が「大丈夫」と言ったので安心した。

「あ、あの、じゃあ……中にどうぞ」

彼女はそう言って、俺を家の中に案内してくれる。

「お邪魔します……」

「じゃ、じゃあ……私の部屋に行きますか……」

「お、おう……」

いきなりか、と思いスーッと大きく息を吸い込む。

「こ、ここです……」

階段を上がり、扉の前には大きく可愛らしい文字でメイコの部屋と書かれていた。

「ど、どうぞ……」

「いいのか？　本当に入って……その俺も一応男だし嫌とかじゃ」

男を部屋に入れるのは女の子は嫌なんじゃないかと思っていた。

彼氏ならともかく、ただのクラスメイトの男子を入れるのは女の子として嫌なんじゃないかと。

彼女が嫌がるのなら、リビングに本を持ってきてもらった方がいいと考えていた。

「だ、大丈夫です！　本当に嫌だったら、家に呼んでませんよ！」

「……そうか」

「なので、そんなこと気にしないで入ってくださいっ」

彼女のその言葉を聞いて、心の底から安心した。


「それに、あなただけですよ？」

「へ？　それはどういう……」

「わ、私の部屋に入るのは、黒田さんが初めてってことです……」

「そ、そんなこと言ったら俺だって……」

女の子の部屋に入るなんて初めてに決まってる。

だから、部屋の前に立った時、緊張と不安が自分の中で膨れ上がった。


「ささ、どうぞ……」

俺は今、人生で初めて女の子の部屋に入った。それも同い年の女子の部屋に……。

甘くいい香りがしたし、アニメやラノベ、よく見ればゲームまで置いてある。

「すごいな……」

「そ、そうですか?」

俺が素直に褒めると「て、照れますよぉ～」と言って顔を隠していた。

「ゲームもあるんだな」

「はいっ! ゲームも大好きなんですよ!」

彼女がその話をするとき表情はキラキラしていた。

「俺もゲーム好きだぞ」

「じゃ、じゃあなにかやりますか?」

「じゃあ……」

◆

「また黒田さんに勝ちました!」

「ぐぬぬ……」

「調子が悪いとかの言い訳はナシですよ」

調子が悪いとかの次元じゃない……隣の彼女のせいで集中ができない。

彼女はプレイするとき身体まで動いてしまうタイプらしい。それで隣で大きな胸が動いていたらゲームどころかテレビの画面すら集中して見られない。

「男として、仕方ないことなんだ……」

「これがラストゲームですよ！」

最後は絶対に勝つ。隣の誘惑には負けないと心に決めた。

このままいけば俺が一位で彼女が三位、部屋の空気には緊張が漂っていた。

「うわぁぁぁぁぁ！」

「えっ⁉」

彼女がコースアウトで奈落に落ちたときに、必死で耐えようと身体まで捻《ひね》ったとき、バランスを崩してポスッと俺の肩に寄りかかってきた。

俺はびっくりして、コントローラーを落としてしまった。

それに腕のあたりに、ものすごく柔らかい感触と重みが伝わってきた。

この破壊力は、うちの学校では確実に一位だ。

不可抗力だったが、なんとも腕から感触が消えなかった。


「ごめんなさいっ……私、ゲームすると身体も一緒に動いちゃうんですよ」

「大丈夫だ。それよりゲームはいいのか？」

「あっ⁉」

大慌てで彼女がゲームを再開するときにはすでに順位は決まっていた。

しかし、あの時、彼女が横に倒れてきたときはどうなるかと思った。

幸い変な空気が流れることはなかったが俺の心臓はバクバクとうるさいくらいに動いていた。


「負けちゃいましたね……」

彼女はすこし悔しそうな顔でゲーム画面を見つめている。

俺が十位で彼女が十一位だった。結果的には勝利したが、なぜか負けた気がした。

「ゲームも勝敗が付きましたし、一旦終わりにしますか」

そう言って、彼女はコントローラーとソフトを片付ける。

その時にちょうど、服の隙間からきれいな谷間が見える。

「アニメみたいだ……」

「何がですかっ？」

「い、いや……なんでもないっ」

さすがに、彼女の胸のことを素直に伝えるわけにはいかない。

俺は彼女の問いに対して適当に誤魔化した。

「じゃあ、そろそろ帰るかな」

俺が時計を見て立ち上がると、彼女も一緒に立ち上がる。

「では、約束通りラノベを」

「あ、そうだ、ラノベ借りに来たんだ。忘れてた」

「わ、私も黒田さんと遊ぶのが楽しくて、忘れるところでした」

「俺も俺も」

俺と彼女はそう言って笑った。

「本当にこんなに気が合う人なんていませんよ」

「そ、そうか？」

「はいっ！」

彼女はへへへと満面の笑みを向けてくる。俺は恥ずかしくなり彼女から顔をそむけた。

「それではこれを」

「本当に借りてもいいのか？」

彼女からラノベが入った紙袋を渡されたとき、俺がもう一度聞いた。

すると彼女は静かに笑って
「誰かに自分の好きなものを知ってもらいたいんです。私は臆病なのでまだ黒田さん以外には言えないと思います……」

「他のみんなにも言えるように……これは私が前に進む第一歩ですから遠慮せず受け取ってください！」

彼女の何かを変えたいという気持ちが痛いほど伝わってきた。

「ありがとう」

「いえ！　また感想を話し合いましょう！」

俺はラノベの入った袋を大事に家まで持って帰った。

そこで、ピロンッと振動とともにスマホが鳴る。

ＬＯＮＥではなく、メールだった。

内容はＷＥＢに投稿している小説の感想だった。

『初コメ失礼っ！』

と書かれたメールとともに『おもしろい』という感想がきた。

感想の投稿主は名無し太郎。

『ありがとうございますっ。頑張ります』

ここで感想は終わり、名無し太郎から個人チャットでメッセージが来る。

『特に最後のシーンがよかったです』

『本当ですか？』

俺が一番工夫した所を評価してくれる読者がいたことに対して、驚きと嬉《うれ》しさが同時に出てきた。

『本当ですっ』

『とても嬉しいです』

『ヒロインが本当に健気《けなげ》で可愛《かわい》いです！』

『ありがとうございます』

俺がお礼を言うと、顔文字で反応してくる。

『やっぱり、一途や健気っていいですよね～』

『わかります』

『今回の話は、ヒロインの良さがより出ていました』

『ヒロインの魅力が伝わってよかったです』

自分の作品にここまで反応、そして共感してくれる人は初めてだった。

『ヒロインの下着が透けるところも萌《も》えます』

『想像できますよね、恥じらいを見せるヒロインの姿が』

『いいですよね～攻めている下着ではなく、落ち着いた色……まさに清楚《せいそ》っ』

俺もそのシーンを思い出しながら目を瞑《つぶ》る。

『清楚ヒロインいいですよね』

『はいっ！　とっても可愛くて悶《もだ》えてました！』

『ありがとうございます』

『あのですね……友達と言うんでしょうか、その人と話して、感謝を伝えたいと思いコメントしました』

『その友達とよほど気が合ったんですね』

『はいっ、そうなんです！』

作品に対する感想ではなく、読者の出来事の話に途中から変わった。

『いいですね、そういう人にはそうそう出会えないものです』

『はいっ、これからも色んな作品にコメントしていきたいと思います』

『私も励みになります』

『それなら、よかったです！　次の話も期待していますっ！』

『ありがとうございます』

メールは感謝の返信をした後は来なかった。

◆

今川の家から、一度自分の家に帰り、浴衣《ゆかた》に着替えた。

俺が一人暮らしをする時に父が置いて行ったものがあるので、それを着て夏祭りに来た。

「白河はまだ着いてないのか……」

約束の時間よりも早くついてしまったが、彼女だったらもしかしたらいるかもしれないと思った。

集合場所を決めていなかったので、ＬＯＮＥでメッセージを送ることにした。

かなりの人込みなのでこの中から探すとなると至難の業だ。

ＬＯＮＥも反応がないので俺は諦めてその場に腰を下ろそうとした。その時だった。

腕をグイッと摑《つか》まれて、誰かに引っ張られる。

「ちょ、ちょっと！」

「先輩、ちょうどいいところに」

そこにはバイト先の後輩の生田友梨奈《いくたゆりな》が立っていた。

祭りだから浴衣とかではなく、普通にパーカーにショートパンツの私服だった。

「ちょうどいいところってお前が無理やり連れてきたんだろ」

「あれっ？　そうでしたか〜」

すぐにこうしてふざけてくる。彼女は面白いものを見るようにニヤニヤしている。

「まぁ、無理やり連れてきたのは理由があって、先輩と屋台とかまわりたかったんですよ」

「またどうせ……」

「嘘《うそ》じゃないです」

「そ、そうか……」

あまりにも真剣な表情で言ってくるもんだから、びっくりして目をそらしてしまった。

「悪いけど、俺は友達と来てる」

これは、別に嘘じゃない。本当のことだ、まだ会えていないが。

「えー！　一人だったし、いいじゃないですかー」

「でも俺は友達と……」

「ほらほら、いきますよー」

「お、おい！　こらっ……」

強引に腕を引っ張られて、彼女と人ごみの方に向かっていく。

「あのぬいぐるみ狙います」

「欲しいのか？」

「いえ、この中だったらあれが一番マシかなと」

「そういう考え方かよ」

「いきます……」

彼女が構えて撃ったコルク弾は見事にぬいぐるみに当たったが、倒れなかったのでもらえなかった。

「なんであれが落ちないんですか！」

「ま、まぁ……屋台だし、ちょっと落ち着け」

「店主に文句言ってやります」

「それは本当にやめろ」

こいつなら本当にやりかねないので、全力で止めた。

さすがに屋台でトラブルなんてことになったら洒落《しゃれ》にならない。


「じゃあ他の方法で……」

「お前なにする気だ」

彼女は身を乗り出して座っている店主に話しかけた。

「お兄さん～、私あれ欲しいなぁ」

「こりゃ、可愛いお嬢ちゃんだね。どれが欲しいって？」

「あのぬいぐるみが欲しいの」

「いいよ、もってきな」

「ありがとうお兄さん！」

彼女は店主に向かって、とびきりのスマイルを見せていた。

店主も彼女に対して笑顔で手を振っていた。

「納得いかねえ」

「先輩だけですよ、私の可愛さに気づいてないのは」

「は、はぁ……」

「このぬいぐるみと私どっちが可愛いですか？」

「なっ……はっ……？」

「ぷははっ！　その反応さすがに面白すぎですよー！」

またコイツは俺の反応を見て楽しんでいる。

「じゃあ、次はあそこ行きますよ！」

「は？　いやもう……」

そう言って、また強引に腕を引っ張られる。今度は焼きそば、お好み焼きにサイダーと飲食物を買っている。

しかし荷物はすべて俺が持っている。流れるような渡し方で拒否する前に持たされる。

「重そうですね」

「あぁ、重いぞ」

「じゃあ、仕方ないですね……」

すると彼女は焼きそばを俺の口元に近づけてきた。

「なんだ?」

「いや、食べさせてあげようとしてるんじゃないですか」

「え? それだけ?」

「はい、それだけですよ」

彼女のことを疑ってしまうのは申し訳ないが、何か裏があるんじゃないかと考える。

「ほらっ、もういいですから」

「ち、ちょっと待て……」

「あーん」

そう言って、半ば強引に焼きそばを食べさせられた。

「おいしーですか?」

「あー、うん」

「それはよかった」

屋台の焼きそば感はあったが、味はいまいちわからなかった。

「それにしても、浴衣の人多いな」

「先輩だって、浴衣じゃないですか」

「これはだな……俺も祭りの雰囲気を楽しもうとしてだな」

「そうですか」

そうは言っても、やはり夏祭りということで浴衣を着てくる人の方が多いような気がする。

「せ、先輩も浴衣の方が好きですか？」

「……いや？　別に好きってわけではないかな。新鮮とは感じるかもしれないけど」

「浴衣着てくればよかったです」

「着たかったのか？」

俺が何気なくそう聞くと彼女は頭を横に振った。

「着たかったら意地でも今日着てきますよ」

「じゃあ、なんでだよ……」

「先輩に新鮮って思ってもらいたいから」

「は……はぁ⁉」

「だ、だって先輩に私の可愛《かわい》さが通用しないの腹が立つんですもんっ」

なんだそれといつもだったらツッコミを入れているが、たくさん歩いたからか顔が熱くなっていたし、声が裏返りそうだったからやめた。

「お前の私服すらお、俺はあんまり見たことがないから……その、充分新鮮だぞ？」

「そ、そうですか……じゃあ、今度私の私服もっと見せてあげますよ！」

「それはありがたい」

「あー！　絶対思ってないでしょー！」

そう言って、頬を膨らませて顔を近づけてくる。

なぜか変に意識してしまう。いつもだったらこんなことはないのに……。

「とびっきりかわいい服を着て先輩を、ぎゃふんと言わせてみせます」

「お、おー……」

「覚悟しててくださいね」

すでにぎゃふんと言いそうなのは黙っておいた。

調子に乗せるとまたからかわれるかもしれないからだ。

「あ、ゆりなー！」

遠くから彼女の名前を呼ぶ声がする。

「友達なのか？」

「えーと……まぁ」

「違うのか？」

「違くないですけど、言ったじゃないですか、先輩とまわりたかったって」

彼女は口をとがらせながら言った。

「そ、そうなのか……」

本当に俺とまわりたかったのか？　と疑ってしまう。しかし彼女がウソを吐《つ》いているとは思えなかった。

「じゃあ、これからは女友達とまわります」

「え？　あぁ……」

「なんですか？」

「いや、なんでもない……」

「変な先輩。ありがとうございました」


そう言って彼女は俺から袋をとっていく。

自分でもなぜ、彼女の友達が男なのか聞いたのかわからなかった。でもあの時は聞かないとすっきりできなそうだった。


「はいっ、先輩の分」

「え、いいのか？」

「これ荷物持ちのお礼です」

「あ、ありがと……」

そう言って焼きそばを渡される。その焼きそばはまだほんのり温かかった。

「温かいうちに食べちゃいましょ！」

「……それもそうだな」

丁度、お腹《なか》もすいていたので、俺と彼女は割りばしで焼きそばを食べる。

夏祭りの焼きそばは、ソースが濃い目で野菜たっぷりでとても美味《おい》しい。

「かなり美味しいよな」

「やっぱり雰囲気もありますからね」

「雰囲気ってやっぱり大事だよな……」

夏祭りの焼きそばについて二人で語りながら焼きそばを食べた。

しかし、彼女は友達を待たせているからか、急いで食べていた。

「そんなに急がなくても、友達は逃げないだろ」

「先輩とも居たいですけど、やっぱり友達も大事なので」

「楽しんで来いよ？」

俺がそう言って、彼女の方を向く。それに応えるかのように頬をぱんぱんにして、笑顔を見せてきた。

頬をぱんぱんにしている彼女が、面白くて笑ってしまった。

「ありがとうございました」

彼女は頭を下げて俺に感謝を伝えてくる。頭を上げて友達の方にパタパタと向かっていく。

なぜか、くるっとまわり、俺の方を見てくる。

なんだよと思いながら彼女を睨《にら》みつけると、彼女は下まぶたを下げてあっかんベーとやってくる。

やはり俺は生田友梨奈《いくたゆりな》が苦手だ。しかし、不思議と嫌な気持ちではなかった。

第八章　夏祭り

生田に連れまわされたあと、再び集合場所に戻ってきたが白河はまだ来ていない様だった。

彼女と夏祭りに一緒に行く約束をしたのはいいが、さっきから見つからない。俺が集合時間よりも早く来てしまったというのもあるが、遅れるような子ではないので心配だ。

『もう着いた？』

というメッセージをＬＯＮＥで送ってみるとすぐに既読が付き返信がくる。

『ごめんっ、もうすこしかかりそう』

『ゆっくりでいいから』

俺がそう送ると、彼女からの返信は大きくありがとうと書いてあるスタンプだった。

数分後くらいだろうか、彼女からＬＯＮＥが来た。

『着いたよ、うしろ見て』

というLONEだった。俺はそのメッセージに返信はせず、そっとスマホの画面を消しうしろを振り返る。

俺の目に飛び込んできたのは、浴衣《ゆかた》姿の彼女だった。ピンクと白がベースで花のような模様があった。

「ど、どうかな……？」

「と、とても、似合ってる……その、綺麗《きれい》だと、思う」

本当に綺麗だった。でも、言葉が上手《うま》く出てこなかったため、変な間が空いたり、言葉に詰まったりしてしまった。

それに、今とんでもないくらい緊張している。

「お、おう……？」

「よ、よかったっ」

彼女の右腕を見るとその右手は巾着を握っていた。

逆の腕を見ると小さい子の手を握って、だんだんと目線を下げていくと、夏乃《なつの》も着物姿でお姉ちゃんの手をしっかりと握っている。

「黒田くんも浴衣とっても似合ってる！」

「俺はそんなに褒められるようなものじゃないよ」

「ううん、いいよっ！　似合ってる」

俺が自分の浴衣姿を否定すると、彼女は全力で褒めてくる。

しかし、浴衣のことを言った後、彼女の眉がしょんぼりと下がる。

「それより、ごめんね？　遅くなって」

「いや？　全然、俺は気にしないけど……」

「こ、こんにちは……」

「こんにちは」

妹の夏乃が挨拶をしてきてくれたので俺も挨拶を返す。

その様子をふふっと笑いながら彼女が見てくる。

「な、なんだよ」

「いや、二人とも表情が硬いよ」

「そ、そう言われてもなぁ」

緊張しているし、うまく笑えていないのは自分でもわかっているがコントロールできたら苦労はしていない。

「かなり待たせてたんじゃ……」

「いやいや！　さっき来たばっかりだから、ホントに」

彼女がしょんぼりした表情になっていたので俺は慌てて悪くないと答える。

「ふふっ、ありがとう……」

せっかくの祭りなんだから、こんなことで気分を落とさないでほしかった。

「夏乃、りんご飴《あめ》食べたい」

俺たちの会話を彼女の妹がいいタイミングで切ってくれる。

「おこづかいを使いすぎたり、食べ過ぎないようにね？」

「うん。わかってる」

「本当かな……？」

彼女は妹の発言に苦笑いしながら首を傾《かし》げていた。

俺はそんなやり取りをしている二人を見て自然と表情が和らいだ。

「黒田くんもはやくっ」

彼女はそう言って、ニコッと微笑《ほほえ》んでくる。俺は「ああ」とだけ答えて、彼女達のすこしうしろを歩いた。

しかし、綾乃《あやの》はうしろを歩いている俺の手を取る。

「迷子になっちゃうぞ～？」

「大丈夫だ……ちゃんとついて行くから」

「ダメッ、せっかく一緒に来てるんだから、一緒に行かなきゃ！」

「わ、わかったよ……」

と俺が苦笑いしながら答えると、綾乃は納得したような様子だった。

三人でまずは屋台を見てまわることにした。お金を使いすぎないように、一通り屋台を見ようとの事だ。

しかし、夏乃は俺たちの考えはお構いなしに屋台に向かっていく。

「あ、りんご飴！」

そう言いながら、夏乃がりんご飴の屋台にお姉ちゃんの腕を引っ張りながら走っていく。

「ちょっと！　走りにくいんだから、もうすこしゆっくり歩こう～」

綾乃は勘弁してといった感じで夏乃に引っ張られていった。俺も彼女たちのあとを追いかける。

「へいらっしゃい！」

元気があり、すこし歳《とし》を取っている爺《じい》さんがやっている屋台だった。

「りんご飴～きれい」

「夏乃、食べたいの？」

「うん、りんご飴食べたい」

「仕方ないな～……あのっ、りんご飴一ついくらですか？」

彼女が爺さんに値段を聞く。すると爺さんはかっかっと笑いながら、

「可愛《かわい》いお嬢さんたちだねぇ～姉妹かい？」

「はいっ！　そうなんですっ」

彼女は元気よく返答する。

「可愛いから、五百円のところ三百円でいいよ」

「いいんですかっ？」

「あぁ、いいとも」

「ありがとうございます！」

彼女は笑顔で爺さんに向かって丁寧に頭を下げお礼を言っていた。

そして、きちんと三百円ぴったり爺さんの手に渡していた。

「夏乃が可愛いからサービスしてもらっちゃった！」

「そーなの？　なにかもらったの？」

「安くしてもらえたんだよ、夏乃もお礼言って」

「ありがとう、ございます……」

「はいよっ！　でもね、妹ちゃんだけじゃなくて、姉ちゃんも綺麗だ。姉妹そろって可愛いからサービスしたんだぞ？」

爺さんが彼女に向かって、ちゃんと可愛いと伝えていた。

「またまた～、お世辞が上手ですね～」

「お世辞じゃねぇさ、な？　彼氏」

そう言って爺さんは俺の方に顔を向けてくる。

「ど、どうして俺に……」

「どうなのかな？　黒田くん？」

「き、綺麗だと思う。も、もちろん二人ともな」

言っている途中で恥ずかしくなり、段々と声が小さくなっていった。


「ふ〜ん、そっかそっか」

「なんだよ、それ」

「夏乃、私たち可愛いって」

「……うん」

「りんご飴美味《おい》しいか？」

「……うん」

りんご飴をぺろぺろと舐《な》めている夏乃は食べるのが忙しくて、返答が「うん」しかなかった。

するとりんご飴を舐めるのをやめ、ジッと姉の方を見ていた。

「お姉ちゃん、なんだか嬉《うれ》しそう」

「へ？　お姉ちゃん嬉しそうに見える？」

「うん！　お姉ちゃんが嬉しそうにしてると夏乃も嬉しくなる！」

「あははっ！　そっかそっか……嬉しそうにしてたか……」

大きく笑ったあとチラッと俺の方を見てくる。しかし目が合うとすぐに目をそらされる。

俺は意味が分からなかった。首を傾げて悩んでいると爺さんまで俺のことをニヤニヤしながら見てきた。

「若いっていいな……」

「は、はぁ……そ、そうですか」

爺さんの言葉に苦笑いするしかなかった。

俺たちは屋台を見ながら一まわりしたところで、気になった屋台に向かう。

焼きそばやたこ焼き、ラムネなどを買って、また最初のところに戻ってきた。

「だいぶ疲れたね……」

「そ、そうだな……こんなに祭りって体力を使うんだな」

「一休みしよっか」

「そうだな、白河の妹も限界そうだしな」

「あはは、そうだね」

そう言って、ウトウトしている妹の身体を揺する。

「ほら、牛串食べる？　たこ焼きもあるけど」

「白河、さすがに辛《つら》いんじゃ……」

「食べる～」

眠たそうな声で彼女から割り箸をもらい綺麗《きれい》に割っている。

「舐めないでよ～？　うちの夏乃《なつの》を」

「いや、すげえな、白河の妹……」

彼女の妹は「いただきます」と言ってたこ焼きを大きく口を開け一口で頬張っている。

「大丈夫かよ……」

「はひほうふ」

「大丈夫だって！」

「今のわかんのかよ……」

さすが姉妹というべきなのか、彼女たちが特別なのかは俺にはわからなかった。

「さっ！　私達も食べよう？」

「黒田くんなに食べたい？」

「う～ん、無難にたこ焼きとか？」

「じゃあ、はいっ」

そう言って彼女はパックに入った、たこ焼きをつまようじで持ち上げ俺の口元に持ってくる。

「えっと……これは」

「あっ、ご、ごめん……自分で食べられるよね……」

自分でやった行動が恥ずかしくなってしまったのか、顔を赤くしていた。

必死に顔が赤くなったのを隠そうと長い髪の毛で自分の顔を覆う。

「なにしてんだ……」

「恥ずかしすぎて……いつも妹にやってるみたいにしちゃった」

「俺は気にしてないぞ……」

「私は気にするの‼」

気にしてないなんて嘘《うそ》だった。本当はすごく意識してる。

すこし黙っておけば学年一の美少女から、あ～んしてもらえるチャンスだったのに……。

「お姉ちゃん、夏乃も食べたい」

「はいはい、なに食べたい？」

「夏乃もそれ食べたーい」

「はい、あーん」

彼女がたこ焼きを妹の口にまで運ぶ。

もっもっと、熱そうなたこ焼きを口の中に頬張っている。

「ふふっ、ソースついてる」

「ん～」

彼女が口のまわりに付いたソースをティッシュで拭き取っている。


「ちゃんと飼うのよ？」

「わかってるよ～！」

隣を通り過ぎていく家族の会話が聞こえてきた。小さい女の子が袋に入った金魚を持って喜んでいた。

その姿を彼女はどこか懐《なつ》かしそうな瞳で見ていた。

「白河、どうかしたか？」

「あっ、いや、なんでもないよ？」

「そうか……」

すぐに、なんでもないことは嘘だとわかった。心配させないような作り笑いもそうだが、会話が終わったあとの彼女はまたなにかを懐かしむような瞳をしている。

「それじゃあ、食べ終わったことだし、花火会場行く？」

「あー……ちょっと待って、行きたいところあるんだけど」

「じゃあ、それ行ってからにしよう！」

「ありがとう」

俺はそう言って、彼女たちと一緒にその場所に向かった。

着いたときに綾乃《あやの》はすこし驚いた表情をしていた。

「なんで……」

「えっ？　金魚すくい久しぶりにやりたかったんだよね」

「そ、そっか……」

俺は店主に二百円を渡して、金魚すくいを始める。

「私もやろうかな」

「じゃあ夏乃もやるー」

そう言って二人もやり始める。しかし意外と金魚がすくえない。すぐに破れてしまい失敗してしまう。

「クッソー、案外難しいな」

「夏乃もダメだった」

「もう一回……」

彼女はそう言って、もう一度チャレンジしている。むきになっている彼女は珍しいとジッと見つめながら考えていた。

髪の毛を耳にかける仕草などが目に入ってくる。金魚すくいをするだけでここまで絵になる人はなかなかいないと思う。

「それっ！　……やった！　金魚とれたっ」

彼女が勢いよく水の中に入れ素早くお椀《わん》の中に入れると、一匹の綺麗な赤色の金魚が、お椀の中を気持ちよさそうに泳いでいた。

「おおっ、やったな」

「えへへ……すごい？　私すごい？」

「すごいよ」

「ありがとうっ！」

袋に入った金魚を横に満面の笑みを向けられる。俺は綾乃の顔を直視はできなかった。

その笑顔に、通り行く人も目を奪われている。

「もうすぐ花火大会が始まります」

とアナウンスがされた。ぞろぞろと、会場に向かっていくのが分かる。

「やばいっ、私たちも行こっ？」

そう言って、彼女は立ち上がる。しかし、なぜかもじもじとしたままジッとしていた。

「あのさ……手繋《つな》いで？」

そう言って彼女は顔を赤らめながら右手を差し出してくる。

俺はその言動に理解が追い付かなかった。

「え……？　は……？」

「人混みって苦手で……」

彼女の意外な一面を知れた。

「そ、そういうことですか……」

心臓が大きく鳴る。彼女に聞こえてるんじゃないかと思うくらいには大きい音を出していた。

綾乃の震える手を自分の手で握ろうとすると、さらに小動物のような手が俺の手を摑《つか》んだ。

「つなぐー」

そう言って夏乃の両手は俺と綾乃で繋がれていた。

「まぁ、いっか！」

彼女はどこか悔しそうな表情をしていたがすぐに穏やかな表情に戻った。

「それじゃあ、行こう～」

そう言って会場に向かったが、途中で会場とは違う道に進んでいた。

「白河、こっちは会場じゃないだろ」

「いいのいいのっ、あの会場よりもこっちのほうがきれいで見やすいんだから」

いわゆる穴場というやつを知っているらしい。俺は彼女が行く方について行く。

「着いたっ」

そう言って、穴場に着くと既に花火は始まっていた。大きく赤い花火が目の前で打ち上げられている。

「綺麗〜」

隣を見ると、彼女の瞳には赤い花火が映っている。

花火はもちろん綺麗なのだが隣にいる彼女の方が……とも思ってしまう。

すると、視線に気づいたのか、彼女が横を向くと俺と目が合った。反射的に目を背けてしまう。

「綺麗だねっ！」

彼女は笑顔でそう言いながら微笑《ほほえ》んでくる。

花火の明かりが彼女を照らしているので、表情などはよく見えた。

「うん、綺麗《きれい》だ。本当に、本当に……」

俺が二回、本当と言ったのは、花火と彼女に対してのことだった。

「なんかボーッとしてない？」

彼女が俺の顔を見ながら大丈夫？　と心配してくる。

「ちょっと花火に圧倒されただけだから、気にしないで」

「そっか……大丈夫ならいいんだけど」

「それにしても、本当にすごいな」

「ねー、見惚《みと》れちゃうよね」

彼女はそう言いながら、綺麗で大きな瞳がゆらゆらと動いていた。

「ど～んっ！」

彼女の妹も大きな花火が上がるたびに、嬉《うれ》しそうにはしゃいでいる。

その姿を見ると、自然と笑みがこぼれてしまう。

「あーっ！　黒田くんが笑ってる～」

「な、なんだよ……」

グイッと顔を近づけてくる。ふっくらした赤い唇、白い肌、綺麗な瞳とパチッと目が合う。

急に近づいてきたので、びっくりしたのと恥ずかしさで俺はうしろに後ずさりした。

「ん～？　珍しいなって思って」

「そんなに珍しいか？」

「ニマ～って笑うのは珍しいなって」

「なんだよニマ～って」

「可愛《かわい》い笑顔だよっ」

彼女から俺に対して可愛いという言葉が出た。

かっこいいではなく、可愛いだった。男としてはかっこいいと言ってほしかった。

「男に可愛いっていうのは褒めてないだろ」

「ええ!?　褒めてるよ？」

綾乃の反応から褒めていたということはわかった。

俺が褒めていないということを言った時に彼女はすごく驚いていた。それがその証拠だろう。

「本当に可愛かったんだけどな～？」

「お、俺は……白河の方が……」

「私の方が？」

彼女は小首を傾《かし》げながら俺の続きの言葉を待っている様子だった。

「な、なんでもない……」

綾乃に対して「可愛い」という言葉が言えなかった。

「ふ～ん」

と綾乃は一言だけ言って、また花火を見ている。

綾乃が花火を見ている横顔を俺はすこしの時間じっと見ていた。

最後の一回が一番大きい花火だった。

ドンッと大きい音を鳴らしながら、夏祭りの終わりを締めくくるにはちょうど良すぎる花火だった。

「あ～あ、もう終わっちゃった……」

「たしかに、一瞬に感じた」

「楽しいことはなんで時間が過ぎるのが早いんだろうね？」

あははっ、と静かに笑いながら、口に手を当てている。


「もう眠い……」

夏乃《なつの》が目をこすりながら、眠そうにうとうとしていた。

「夏乃もうすこし頑張って！」

「お姉ちゃん、だっこ」

「だーめ、お姉ちゃんも荷物多いんだから」

綾乃《あやの》は夏乃の要望を断る。

「じゃあ、おんぶは？」

「もう～仕方ないな～」

そう言って、綾乃は夏乃をおんぶしようとするが、荷物が多くしづらそうだった。

「白河っ、俺がおんぶしてもいいか？」

「え？」

「いや……いきなりなんだってなるかもしれないけど、荷物多くて危なそうだし」

「平気だよっ！　こう見えて力はある方だから」

綾乃は笑いながら力こぶを作るポーズを見せてくる。

「それでもだなぁ……」

俺は今回は一回だけでは引き下がらなかった。

「心配しすぎっ、嬉しいけど大丈夫っ」

「とりあえず、荷物くらいは持つよ」

俺はそう言って、彼女の荷物を持つ。

「ありがとう」

「どういたしまして」

そして、綾乃は夏乃をおんぶしながら、先ほど来た道を戻っていく。

来た時も感じたが、少しジメジメした場所を通るので、足元が滑りやすくなっている。

さらに、先ほどと違うのはあたりが真っ暗という事だ。

「大丈夫か？」

「うんっ、平気だよー」

「足元滑りやすいからな？」

「うん、気を付ける」

　俺が確認すると元気で余裕のある声が返ってきた。

　段々と会場の方に近づいて明かりも多くなって、綾乃の姿もはっきりと見えるようになってきた時だった。

「きゃっ！」

　その声とともに彼女の身体《からだ》が横に傾いた。

　俺は咄嗟《とっさ》に綾乃の小さく細い身体をがっしりと受け止めた。

「あ、あっぶね〜」

　正直、自分でも受け止められるとは思わなかった。

　今回は明かりのおかげで反応することができたが、これが真っ暗だったら受け止めることはできなかった。

「あ、ありがとう……」

綾乃の頭がちょうど俺の胸のあたりに埋まる。

彼女のきれいな髪の毛とうなじがよく見える。

「今のは、助かったよ黒田くん」

「危ないだろ？」

「ご、ごめんなさいっ……」

顔を上に向け、うるっとした瞳で俺のことを見つめてくる。

「いつもと逆みたい……」

「え？」

「いつもは私に黒田くんが怒られてるけど、今回は私が黒田くんに怒られてる」

彼女はそう言って、眉をシュンッと下げている。

「あ、あの……そろそろ大丈夫だよ？」

「……あぁっ、悪いっ！」

「ううん、悪いのは私の方だよっ」

綾乃の小さく細い、壊れそうな身体をずっと抱きしめていた。

こんなに長く女の子の身体を抱きしめるというのはいけない気がした。


「じゃ、じゃあ行こうか」

「あ、今度は俺がおんぶしてもいいか？」

あと少しとはいえ、今みたいなことが起こったら危ない。

俺はもう一度、彼女に夏乃をおんぶさせてもらえないか頼んだ。

「じゃあ、お願いしようかな」

彼女はふふっ、と目を細めて小さく笑っていた。

俺が彼女の妹をおんぶするときには、既に夏乃の意識が遠くなる寸前だった。

「やっぱり、黒田くんの背中は落ち着くのかな？」

「なんでそう思うんだ？」

「この子、人見知りとかするから、絶対他の人の背中で寝られるような子じゃないんだけどね？　今はすごく気持ちよさそうに寝てる」

彼女はそう言いながら、背中で寝ている妹の頬をつんつんとつついて笑っていた。

「疲れてるから、すぐに寝ただけだろ……」

俺はそう言って、彼女の妹を起こさないようにしながら彼女たちを家まで届けた。

第九章　プレゼント

俺は夏祭りの花火が頭から離れなかった。花火だけではなく彼女の横顔や浴衣《ゆかた》姿が離れていかなかった。

「いつももらってばかりだな……」

そんなことをボソッと呟《つぶや》く。夏祭りの時も彼女のおかげで楽しかったし、自分でも満足していた。

だから、俺も彼女になにかお礼をしたいと考えていた。

「女の子って、なにプレゼントしたら喜ぶんだ？」

プレゼントを買いに行こうとは思ったが、どうせあげるなら彼女が喜ぶ姿が見たい。

俺は頭を抱えて考えていたが一向にいい案が出てこない。

俺はスマホを手に取りＬＯＮＥでメイコにメッセージを送る。

この、メッセージを送れただけでも成長していると思う。

『あのさ、日ごろお世話になっている友達にプレゼントをあげたいんだけど……』

彼女の既読はまだ付いていないが、俺は続けた。

『どんなものがいいかわからなくて……なにかいい案があったら教えてほしい』

俺がその文章を送信し終わった時には彼女からの既読は付いていた。

どんな返信が来るのか、なぜかすこし緊張とワクワクがあった。


『う～ん、あまり私もあげたことがないので、上手《うま》く言えないですけど、自分の好きなものをあげればいいのでは？』

『今川だったら、例えばどういうのを渡すんだ？』

『私だったら、ラノベ！　と言いたいところですけど、メジャーなアニメとか漫画のグッズをあげますね』

『どうしてラノベはあげないんだ？』

『その人がラノベを読んでいたり、アニメとかは好きだよって人なら勧めます』

彼女は続ける。

『誰にも好き嫌いがあるので、プレゼントはそれを見極めるのが難しいところですよね』

『なるほど……あのさ、よかったらでいいんだけど、今度の土曜日買い物に付き合ってくれない？』

俺が震える手で送信の矢印をタップした時、彼女からの返信は『もちろんですっ！』という安心の一言が送られてきた。

自分一人よりも心強い。俺がスマホを見ながら生田《いくた》を待っていると、ドンッと背中になにかが当たる。

「先輩、そろそろ帰りましょうよ？　って、なにニヤニヤしてるんですか」

「べ、別にいいだろ……」

「まさか……バイト先でえっちな動画を……」

「見てないっ！　決して見てないから！」

生田が目を細めて疑って、すこしずつ後ろに下がっていくのがわかる。

「本当に引くなよ……」

「じゃあ、なにしてたんですか？」

「なにもしてないよ」

「うそだっ。スマホ触る前からずっとニヤニヤしてて、触った後はすこし落ち着いてたけど」

見破られている。スマホを触っていない時は白河との夏祭りのことを思い出していたから、自分の顔はニヤついていたんだろう。

「今日のバイト最初から集中してなかったですもんね？　なんでなんですか？」

「いや……それは……」

「言ってくださいよ～」

「笑わないって約束できるか？」

「笑うことじゃなければ」

「約束しろよ」

俺は白河の名前は出さなかったが、友人にプレゼントを渡したいこと、なにをあげればいいかわからないことを伝えた。

彼女に伝え終わった俺はなぜかすこしやり切った感じがした。

「可愛《かわい》いですね、先輩」

「……はぁっ⁉」

「だって、プレゼントで悩むってかわいいじゃないですか。それとも失敗したくない人にあげるとか？」

彼女はそう言って、ケラケラと笑っていた。

ドキッとしてしまった。なぜこういう時の勘は鋭いのだろうか、ひやひやさせられる。

「その反応、図星ですか～？」

「ん、なんなんだよ……」

「相手は相手は？　もしかしてこの前一緒にいた超絶美人さんですか？」

「……ああ」

「えっ⁉　本当ですか……？」

正直、俺が彼女でもびっくりすると思う。釣り合ってないのはわかってる。でも今は日頃の感謝を込めてお礼をしたいという気持ちだけだ。

プレゼントをあげたから、どうこうというつもりはない。

「先輩チャレンジャーですね」

「うるせえな、笑うなら笑え」

「フラれたら慰めてあげますからね？」

「告白なんてしないからな？　勘違いするなよ」

俺がすこし強めの口調で言うと「こわ～い」とまたふざけていた。

「私も手伝えばいいんですか？　プレゼント選び」

「え……？　いいのか？」

「手伝ってほしくて、話したんじゃないんですか？」

「いや、そうだけど……」

なんだかんだ、こういう時に手伝ってくれるので嫌いにはなれない。

それに、彼女がいればたいていの女子の流行は把握していると思うので、とても心強い。

「それはあとにして帰りましょ～。疲れましたもう」

「あぁ、悪い……」

「いいですよ～？　一つ貸しってことで」

「肉まん一つな」

「やったー！」

彼女は笑顔で「肉まん」と連呼していた。

「アクセサリーとかメイク用品とか女の子は好きだと思うんで、百貨店に買いに行きましょう」

「いつにするんだ？」

「土曜日は用事があるから、日曜日とかはどうですか？」

「その日だったら空いてるよ」

「いや、いつも空いてるでしょ先輩」

彼女は度々、俺をからかうことも忘れない。

俺と彼女はともにバイト先を出た。

「黒田さ〜ん、ごめんなさいっ。遅くなってしまって……」

土曜日の午後一時、彼女がすこし慌てつつ、俺の名前を呼びながら近づいてくる。

息をはぁはぁと切らしていたので、結構走ったのだろうか。

「いや、俺も今来たばっかりだから待ってないよ」

本当に今来たばかりなので、気にしないでほしかった。

「本当ですか？　よかったです」

「それじゃあ、行こうか……」

「はいっ」

俺と彼女はアネメイトに入っていく。

「やはり、入るときは緊張しますな……」

「そうなのか？」

「はい、まだ一人だとレベルが高いです」

そう言って、俺の腕をがっしりと掴《つか》み、俺の背中に隠れている。

「おお……いつ見てもすごいですね」

彼女は入ってすぐにまわりを見渡す。その時の瞳は子供のようにキラキラさせていた。

この前来た時とは違い、暴走はしていない。

「どうしたんだ？　欲しいものとかないのか？」

「今日は黒田さんのプレゼントを買いに来たんですから、私が暴走するわけにはいきません」

「そ、そうなのか……」

フンスと鼻息を荒くして気持ちが高ぶっている彼女を見て、思わず笑みがこぼれた。

「アニメや漫画が好きな仲間を増やせるチャンスです！」

「あはは、そうだな」

「はいっ！」

俺たちはそう言って、アネメイトの中をまわり始めた。

「漫画、ラノベ……グッズ……」

「なかなか、ピンとくるものがありませんな」

「そうだな……」

俺がそう言って、棚の上の方の物を見ると袋に梱包《こんぽう》された、ゲームの可愛くて丸いキャラクターのクッションがあった。

その時ピンときた。白河がこのクッションを抱きしめている姿が思い浮かんだ。

「これだ……」

俺はそう言って、すこし背伸びをしてそのクッションを持ち上げる。

重いとは感じないが、大きいのですこし持つのに困る。

「あー！　そのキャラ可愛くて人気のあるキャラクターですよね」

「うん、これにしようかな」

「でも、ずいぶん可愛《かわい》いの選ぶんですね？」

「やっぱり、ナ、ナシか？」

個人的にはいいと思ったが、女性から見るとだいぶやばいのだろうか。

俺がそのクッションを元の場所に戻そうとしたとき、手を押さえつけられた。

「ご、ごめんなさいっ！　そういうつもりでは、なかったんです……」

「じゃあ、アリってことなのか？」

「全然アリですよっ」

日頃の感謝を伝えるために、言葉だけではなく、物にして渡す。

たしかに、自分の気持ちが伝わってこそプレゼントだよな。

「ありがとう今川」

「はいっ！　大丈夫です！」

俺はそのクッションをレジまで持っていく。

「今日はありがとうな……付き合ってくれて」

「そ、そんな……お互い様ですよ」

そう言って彼女はもじもじと、恥ずかしそうにしていた。

「じゃあ、私はこれで……お母さんが来るまで待っているので」

「おう、またな」

「今度はちゃんとアネメイトまわりましょう！」

そう言って、彼女は小さく手を振り歩いて行った。

その後ろ姿を見ながら、俺はふうと息を吐いた。

◆

「先輩っ！　遅いですよっ」

「お前……早すぎだろ」

黒のオーバーオールに、キャップを被《かぶ》った女の子に遅いと指摘される。

俺は遅刻したわけではない。しっかり午後一時の集合時間には間に合っている。

「こういう時は早いですから」

「なにを誇ってんだよ」

「行きますよ！」

「お、おいっ！」

そう言って、俺の腕をグイッとすこし乱暴に掴み引っ張ってくる。

「最初は服を見に行きましょう！」

「ち、ちょっと、あんまりくっつくな」

真横で腕をホールドされているので、ふんわりとしたいい匂いがわかる。

すごくいい匂いで不快に思わなかった。

った。


「いいんじゃないか？」

「じゃあ、これは？」

「似合ってると思う……」

俺が小さい声で目をそらしながらそう言うと、彼女はムッとした様子でこちらに向かってきた。


「ちゃんと選ぶ気あります？」

「俺はお前の服を選びに来たわけじゃ……」

「なに言ってるんですか？　先輩……」

「え？」

「あの人に合うかどうか、私が参考のマネキンとなってあげてるんじゃないですか、この私がですよっ？」

俺はそれを聞いてようやく理解した。なぜ彼女が服を着ているのか。


「どうですかっ？」

白河へのプレゼントを買いに来たはずなのに、なぜか彼女のファッションショーが始ま

しかし、だいぶ分かりづらい気もするが。

「まったく……これだから先輩は……」

「なんだよ」

「私が可愛《かわい》いのはわかりますけど、ちゃんと集中してください」

「わかったよ、プレゼントだもんな」

俺がそう言うと、驚いた表情をしていた。

「先輩って案外こういうのちゃんとやる人なんですね」

「悪いか？」

「いえっ、とっても素敵だと思います」

面と向かって素敵。それも顔色一つ変えずに言われたので、俺は固まってしまった。

急に言われたということもあるが、彼女から素敵と言われたことに対して驚いていた。

「う～ん、服はダメですね～。私の可愛さがより強調されちゃいます」

「やかましいわ」

「や～ん、こわ～い」

「次はないのか？」

「ネックレスとかどうですか？」

そう言って、彼女は次から次へと提案してくる。

「ネックレスってハードル高くないか？」

「たしかに、値段とかセンスが気になるかもしれませんけど、安いので可愛いのとかいっぱいありますよ」

そう言って、アクセサリーショップに連行される。

「これぱっかりは、先輩の直感で決めてください」

「いいのか？　俺なんかの直感で」

俺のセンスは胸を張っていいなんて言えない。だからこそ彼女にアドバイスしてほしかったのだが……。

「俺なんか……なんてやめてくださいよ」

「え……？」

「たまには自分を信じてあげることも大事ですよ？」

俺は、その言葉を聞いて、なぜか目頭が熱くなった。その理由はわからなかった。

目の前にあった、ネックレスが目に留まる。

キラキラと光る、クローバーの形をしたネックレスだった。

似合うと思うが、値段もそれなりにする。

あげるなら、普段使いできるものがいいと考えた。

白河が普段使いできるもの……と頭を悩ませる。

「せっかく提案してもらったけど場所、変えてもいいか？」

「なにか、案があるんですね？」

俺は彼女の問いに「まぁな」と言いながら、頭を縦に振る。

「本当に、これでいいんですか？」

「あぁ、普段使いできていいと思うから」

「じゃあ、どれ選ぶんですか？」

「そうだな……」

棚の端から、柄や色の違うものを見る。

白河にはどれが似合うだろうか、そんなことを考えながら選んでいた。

「触ってみると、生地の質感とかも違うよな」

「そりゃ、そうですよっ」

他のところよりも、長くその場所で選んだ。

質感や値段それに機能面に関して、今の俺の財布でも買えるぴったりの物があった。

しかし、一番の決め手は白河に似合うかどうかだ。

「自分のセンスを信じて、これにするよ」

「はいっ！　その意気ですよっ」

「ありがとう」

「い、いつも、私もお世話になってますからね～」

そう言って、髪の毛をくるくると巻いていた。

「あ、そうそう、さっきの服屋で試着した服は本当に似合ってたぞ」

「んなっ⁉ な、なに言ってるんですか！」

「いや、本当にそう思ったから……」

「あー！ うるさいうるさい！」

そう言いながら俺の身体《からだ》をポコポコと殴ってくる。

彼女の顔はものすごく赤面していた。

駅の近くだったこともあり、その場で解散となった。

別《わか》れ際《ぎわ》に「さっさと渡してきてくださいよ」と言っていたのは彼女なりの気遣いなのだろう。

買ったプレゼントを持って、家に帰った。

俺は家に帰ったあと、すぐにパソコンに向かう。

今日の出来事、そして昨日の出来事を自身の小説のネタにした。

話の展開などを考えてすこしは変えるところがあったが、いい話になると考えていた。

自分でもびっくりしている。最後の章を書けるとは思っていなかった。
実際、読者に満足されるものじゃない。自分の理想をそのまま文字にした。
自分の作品の主人公と自分を重ねて、ヒロインと彼女を重ねていた。
遂《つい》に書いていない、書けなかった最終章とエピローグを書いた。

◆

「結構時間使ったな……」
俺はそう言って、時計を見ると二十時を迎えるところだった。
気分転換に外の空気を吸おうと、外に出た。
俺は外に出て両手を空に向けて大きく伸びをする。
俺は、白河に一言ＬＯＮＥでメッセージを入れた。
『明日、少しだけ時間取れないか？』その一言だけ送った。
すると、すぐに既読が付き、『明日は予定があって、今度でもいい？　ごめんねっ！』

と返ってくる。
明日はダメでも、今度会ってくれるんだな。
心臓もバクバクと大きな音を鳴らしている。
『今度の土曜日！　午後なら大丈夫っ！』
『じゃあそれで』
『うん！　おやすみ！』
『おやすみ』
そこで、今日のやりとりは終了した。

第十章　自分の一歩

土曜の午後、一時頃、近くの公園で白河と待ち合わせをしていた。

この公園に来ると、夏乃《なつの》のことを思い出す。

もう少し行けば、迷子になっていたコンビニがある。

目を閉じながら、昨日のことのように思い出していた。

「黒田くん？」

聞き覚えのある声に俺は振り向いた。

そこには、オシャレな鞄《かばん》を持った彼女が立っていた。

「白河、す、すごくオシャレだな？」

「女の子の友達とお買い物してたんだ～」

「そ、そういえば、言ってたな」

「黒田くんは？　今日の予定は？」

「俺は、午後、白河と会うまでゴロゴロしてた」

本当は緊張しすぎて、服を決め寝癖を直した後、家の中をウロウロしていた。

俺がそう言うと彼女は「あるよね！　そういう時」と共感してくれた。

彼女に共感されるだけで、ここまで心が温かくなるのかと自分でも驚く。


「それで……私に何か用事でもあった？」

今日、彼女と約束したのは他でもない、プレゼントを渡すためだ。

一度、深呼吸をして、彼女の目を見る。


「いや、その」

「どうしたの？」

「あー、えっと……」

彼女は小首を傾《かし》げながら、不思議そうに俺を見ていた。

俺は緊張で中々、話を切り出せなかった。

「明日でもいいよ？」

「え?」

「ごめんね? 急に私が予定決めちゃって」

彼女が悪いわけではない。勇気を出せない俺がいけない。

「じゃあ、また明日」

彼女は振り返って、帰ろうとする。

「あ! ちょっと待って!」

俺が急いで止めたのがよくなかったのか、すごく驚いた表情をしていた。

「ど、どうしたの?」

「これを……」

「どうしたの? その荷物」

心臓がバクバクと大きく鳴る。声も震えて、レジ袋を持っている手も震えているのがわかる。

こういう時、どういう表情や振る舞いをしていいのかわからない。

渡すのをやめようとも思ったが、スマホを見るとLONEで生田《いくた》と今川から『ちゃんと渡してくださいよ』とメッセージが届いていた。

それに、プレゼントをしたいと思った気持ちを素直に伝えるべきだと思った。

「いつものお礼……してもらってばかりじゃ、ダメだと思って……」

俺が震えながらそう言うと、彼女は最初はびっくりしていたがふにゃりと笑った。

「ありがとう」

その言葉を聞けて俺は本当に嬉《うれ》しかった。

彼女のその声は震えているように聞こえた。

「どんなプレゼントをすればいいのかわからなかった……」

俺はその言葉に続けて。

「もし、いらなかったら、捨ててくれても構わない……」

そんなことする子じゃないとわかっていても、口が勝手に喋《しゃべ》っていた。

「どんなものでも、私のために一生懸命選んでくれた。それだけで嬉しいんだよ」

「そ、そっか……」

「ありがとう」

俺はその優しさに触れ、不意に泣きそうになってしまった。

そしてその言葉を聞いてようやくあげてよかったと心から思った。

「あと……これも」

「これは……」

「小説、前に言ってただろ？」

彼女が前に読ませてと言っていた小説を、俺は今日彼女に見せるために持ってきた。

「完成したの？」

「うん……一応だけど」

俺は、言葉に詰まりながらも、自分の言葉で伝えていく。

「よ、読んでほしくて……」

「……わかった！」

彼女は最後まで俺の話を聞いて、すこし間をあけてから、大きな返事をしていた。

あの後の続きは、今までの自分の経験に基づくエピソードを書いている。

前までだったら、絶対に読ませていないだろうと思う。

「本当は読ませるつもりはなかったんだけど……」

「じゃあ、なんで私に？」

彼女は小首を傾げて聞いてくる。

「ほ、ほかの人の意見も欲しかったから……かな」

下を向いていた顔を上げて彼女の目を見ながらそう言うと、彼女もまた俺の目をまっすぐ見ていた。

「そっか……うん！　読んでみるね」

満面の笑みを俺に向けてきた。その笑顔にドキッとしてしまったのは言うまでもないだろう。

「でも、すごいね、黒田くんは」

「え？」

「読ませるつもりじゃないものを、勇気を出して見せられるのはすごいことだよ？」

「そ、そんなに大したことじゃないと思う」

俺は静かにそう答えた。

「でも、前までとはすこし違うと思うよ」

「そんなすぐにわからないだろ」

「わかるよ～？　ここ最近一緒にいたんだから」

彼女は自信満々に答えた。

「じゃあ、どういうところが変わったんだ？」

彼女を疑うように俺が聞くと彼女はジッと見つめてくる。

俺もその目線に対して目を逸《そ》らさずに彼女の目をジッと見ていた。

「ふふっ、やっぱり変わったよ！」

「だからどこが！」

俺はもどかしい気持ちでいっぱいで、焦《じ》らされているんじゃないかと感じてきた。

単に興味があるのと緊張で心臓が持ちそうになかったからだ。

「前とは違って目を逸らさないで、私を見てくれる」

「目を……？」

「うん、目を見てくれる」

「前だって見てただろ」

俺がそんなところ変わってないと言った様子で話すと彼女は頭を横に振ってきた。

「前までは、学校とかお家《うち》でもすこし目を合わせたらすぐに、目を逸らしてたよ？」

「考えてみると……たしかにそうかもしれない」

「そうでしょ？　でも今はちゃんと目を合わせてくれる、それが嬉しい」

彼女は俺があげたプレゼントをぎゅっと抱きしめている。

彼女からすぐに目を逸らしてしまうのは、そのまぶしさに自分が耐えられないと思ったから。

それに、彼女は学校中の人気者で俺はクラスの陰キャの一人。周りの目が気になってしまう時があった。

彼女に迷惑を掛けたらどうしよう。そんな気持ちになるときがあった。

「黒田くんはやっぱりすごいよ、変わろうと思う人は沢山いるけど本当に自分を変えられる人なんてすこししかいないから」

それを聞いて、心が温かくなった。だが自分からしたら、何も変わってないと感じる。

だからこそ、これを自分を変える第一歩として、進んでいこう。

エピローグ

「ねぇねぇ、開けてみてもいいかな？」

彼女はそう言って、俺があげた袋を子供のようなキラキラとした瞳で見る。

「は、恥ずかしいんだけどな」

「嫌だったら、家で開けるけど」

「い、いや……全然っ、開けてもらって構わない」

全くやましい物など入ってはいないが、プレゼントした本人としては、小恥ずかしいものがある。

「じゃあ開けるね？」

そう言って、彼女は俺からもらった袋を開ける。

「わぁっ！　クッション？」

袋の中の物を見て、一気に表情が柔らかくなる。

クッションを取り出し、その大きさに彼女は驚いていた。

「もう一つある……」

「俺のセンスだから、いいのか悪いのかわからないけど、白河に似合うと思った」

「エプロンッ！」

大きく目を見開きながら、嬉しそうに伝えてくる。

「似合うかな？」

「似合うと思って、それにしたんだ」

「じゃあ、黒田くん好みってことか」

「悪いな、こんな男の好みで」

俺がそう言うと、彼女は頭をブンブンと横に振る。

「すごく嬉しい……」

「喜んでくれたならよかったよ……」

彼女が喜んでくれた、それがわかった瞬間にとても安堵《あんど》した。

絶対に嫌な顔一つしないとはわかっていても、正直に言うと怖かった。

「うん……嬉しい」

そう言って、クッションとエプロンを抱きしめている。

「これは、いつものお礼として受け取ってくれ」

「私はもらってばかりだよ」

「それは、俺の方だ」

彼女が居なければ、俺の家はまだ汚部屋だったし、あんなに美味《おい》しい料理を食べたのも初めてだった。

改めて自分が恵まれていると実感する。

「じゃあ、今度は黒田くんの家で料理するねっ？」

「いや、またお世話になるのは……」

いつものお礼としてプレゼントをあげたのに、またお世話になるのはいかがなものか。

「私がしたくてするの、それに……このエプロン着てるところ見たくない？」

その問いをしてきたとき、彼女が小悪魔に見えた。

彼女がその問いに対して何にも思っていないのが、たちが悪い。

「そりゃあ、見たいけど」

自分が選んだエプロンを着て料理をする彼女を想像してしまう。

「じゃあ、決まりねっ？」

彼女はそう言いながら、一歩前に近づいてくる。それに合わせて俺は一歩下がる。

しかし、彼女は下がった俺を見て、さらにもう一歩近づいてくる。

「今日はありがとうっ！」

彼女は無邪気な子供の様に満面の笑みを向けてきた。

その姿を見て、俺も自分の口角が自然と上がっているのが分かった。

その姿は自分のＷＥＢ小説のヒロインと重なった。

主人公がプレゼントを渡すシーンでは「ありがとうっ、本当に嬉《うれ》しい。男の子からこういったプレゼントをもらうのは初めてだからっ」というセリフをヒロインが言うようにした。

◆

彼からプレゼントをもらった。自分でもびっくりするくらい嬉しい。

平然としているが本当は心臓の音がすごいし、近づかれたら聞こえちゃうんじゃないかってくらい大きい。

「ねぇねぇ、開けてみてもいいかな？」

彼からのプレゼントをすぐにでも見たかった。

家に帰ってから開けた方がいいんだろうけど、我慢できなかった。

「は、恥ずかしいんだけどな」

プレゼントを渡して、目の前で開けられることになって恥ずかしがっている姿は可愛《かわい》らしかった。

こんなこと言ったら、前みたく褒めてないって拗《す》ねちゃうから、言うのはやめた。

プレゼントは大きなクッションと可愛らしいエプロンだった。

二つプレゼントがあるという事にも驚いたけど、エプロンにも驚いた。

「似合うかな？」

「似合うと思って、それにしたんだ」
彼からは似合うと言われ、とても嬉しかった。
私に似合いそうなものを一生懸命選んでくれた、その気持ちだけでも嬉しい。
今度、このエプロンを着て料理をすることが決まった。
とびっきり、美味しい料理を作らなきゃ。
彼は勇気を出して、私にプレゼントをしてくれた。
いつものお礼と言ってるけど、あげるのにも勇気は必ずいる。
異性へのプレゼントなんて尚更《なおさら》……。
「私は、怖くて勇気が出ないもんなぁ……」
自分の胸に手を置いて考える。
私の心には、嬉しい気持ちとともに心残りがあった。

あとがき

初めまして楠木《くすのき》のあると申します。

本作品を手に取り、読んでくださった皆様、楽しんでいただけたでしょうか。

学生時代に、こういうことがあったらいいなという自分の理想を詰め込んだ作品となっております。この作品は元々WEBに掲載されている作品で、WEBのコンテストに応募した結果、大賞をもらい、加筆修正をして本になっている作品です。正直、自分でも驚いております。しかし今は多くの皆様にこの作品を知ってもらいたい、多くの人に読んでもらいたいと願っております。

本作のタイトルにもある通り、ヒロインの綾乃《あやの》は学年で一番可愛《かわい》い美少女となっております。古弥月先生のイラストにより、名前負けしないとても可愛い女の子になっております。さらに、どのキャラもとても可愛く仕上げてもらいました。ラフなどのイラストを編集者さんからもらう時、ずっと楽しみにしていました。本当にとても可愛く書いていただき感謝の気持ちでいっぱいです。イラストを担当していただき本当にありがとうございました。

今回が初めての書籍作業という事もあり、担当編集者様には色々とご迷惑をかけてきました。しかし、一つずつ丁寧に教えていただき、本作品を出版することができました。

本作品を完成まで仕上げたのは、私自身の力だけではありません。担当編集者様、ファンタジア文庫の皆様、営業の皆様、校正様、古弥月先生、本作品を手に取っていただいた皆様、そしてWEB版から応援してくださっている読者の皆様、全員で作り上げたのが本作品だと思っています。だからこそ、この作品を手に取り、少しでも、面白い、この子が可愛い、自分もこんな学生生活を送りたい、と感じていただけたら幸いです。

これからも、現段階で満足するのではなくもっとたくさんの人を楽しませられるような作家になれるよう私自身励んでいきますので、今後ともよろしくお願いいたします。

最後になりますが、お世話になった皆様にこの場を借りてお礼を申し上げたいと思います。

本作品を出版するにあたり、ご尽力いただきました担当編集者様、ファンタジア文庫の皆様、営業の皆様、校正様、古弥月先生、本作品を手に取っていただいた皆様、そしてWEB版から応援してくださっている読者の皆様に心より感謝申し上げます。

また次巻で会えることを祈りつつ、あとがきとさせていただきます。

最後まで読んでいただきありがとうございました。

富士見ファンタジア文庫

迷子《まいご》の女《おんな》の子《こ》を家《いえ》まで届《とど》けたら、玄関《げんかん》から
出《で》て来《き》たのは学年一《がくねんいち》の美少女《びしょうじょ》でした

令和５年７月20日　初版発行

著者——楠木《くすのき》のある

発行者——山下直久
発　行——株式会社KADOKAWA
〒102-8177
東京都千代田区富士見2-13-3
0570-002-301（ナビダイヤル）
印刷所——株式会社暁印刷
製本所——本間製本株式会社

ISBN978-4-04-075061-3 C0193 ◇◇◇

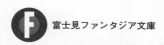

じつは義妹《いもうと》でした。

～最近できた義理の弟の距離感がやたら近いわけ～

勘違いから始まる兄妹いちゃラブコメ!

親の再婚で、俺の家族になった晶。美少年だけど人見知りな晶のために、いつも一緒に遊んであげたら、めちゃくちゃ懐かれてしまい!?　「兄貴、僕のこと好き?」そして、彼女が『妹』だとわかったとき……「兄妹」から「恋人」を目指す、晶のアプローチが始まる!?

白井ムク

イラスト：千種みのり

ファンタジア文庫

僕、兄貴のこと
すっごく好きだよ！
シリーズ
重版続々
大ヒット
発売中!!

「す、好きです!」「えっ? ススキです!?」。
陰キャ気味な高校生・加島龍斗は、
スクールカースト最上位&憧れの白河月愛に
罰ゲームきっかけで告白することになった。
予想外の「え、だって今わたしフリーだし」という理由で
付き合うことになった二人だが、
龍斗はイケメンサッカー部員に告白される
月愛の後をつけて盗み聞きしてみたり、
月愛は付き合ったばかりの龍斗を
当たり前のように自室に連れ込んでみたり。
付き合う友達も遊びも、何もかも違う2人だが、
日々そのギャップに驚き、受け入れ合い、
そして心を通わせ始める。
読むときっとステキな気分になれるラブストーリー、
大好評でシリーズ展開中!

ありふれた毎日も
全てが愛おしい。

済みなキミと、
ゼロなオレが、
き合いする話。

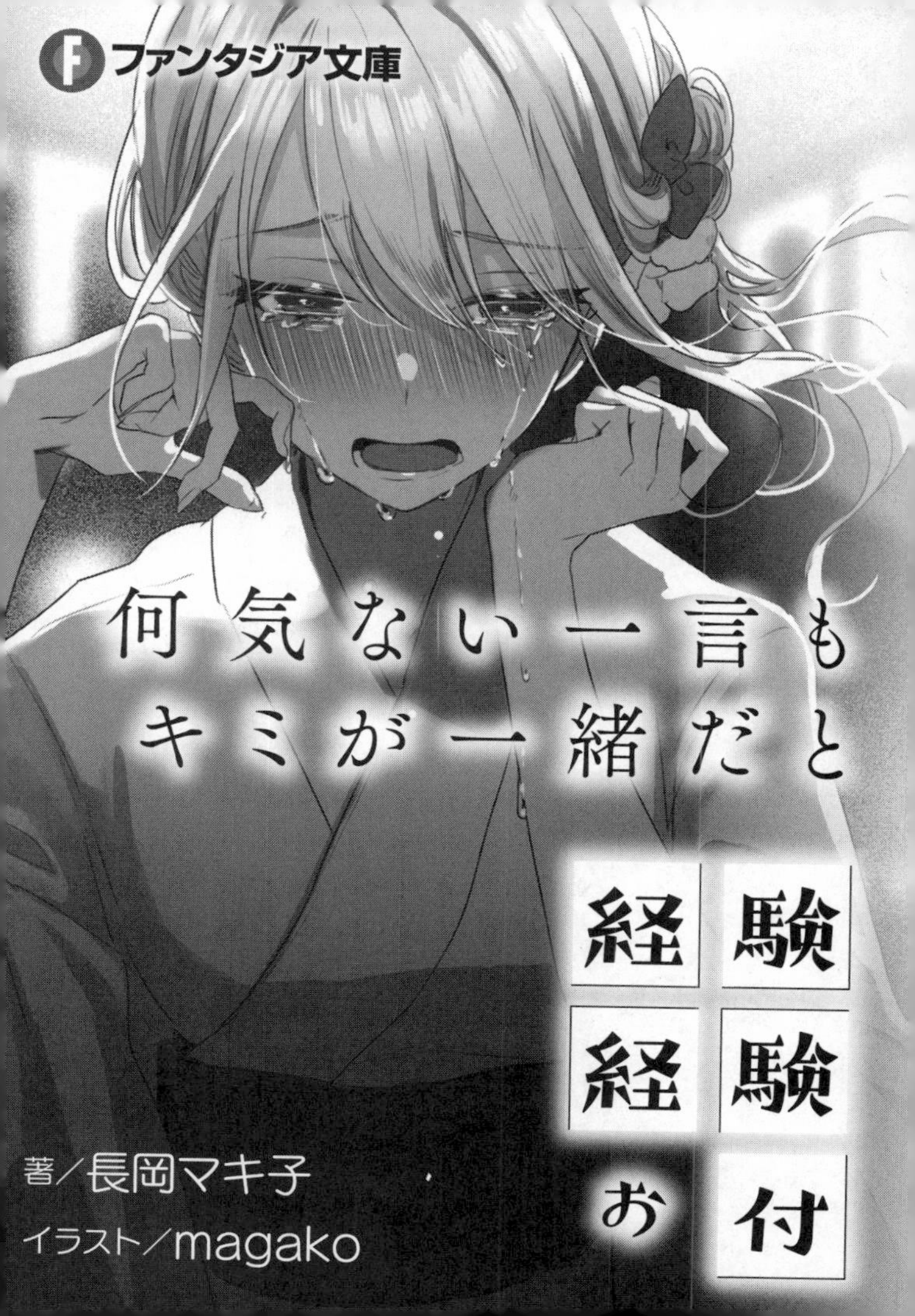
ファンタジア文庫
何気ない一言も
キミが一緒だと
経験
経験
お付
著／長岡マキ子
イラスト／magako

無自覚最強
ハーレム！
シリーズ
好評発売中！
妹が女騎士学園に
入学したら
なぜか
救国の英雄になりました。
僕
ぼくが。
After my sister enrolling in Girl Knights'School, I become a HERO.
author.
ラマンおいどん
ill. なたーしゃ
ファンタジア文庫

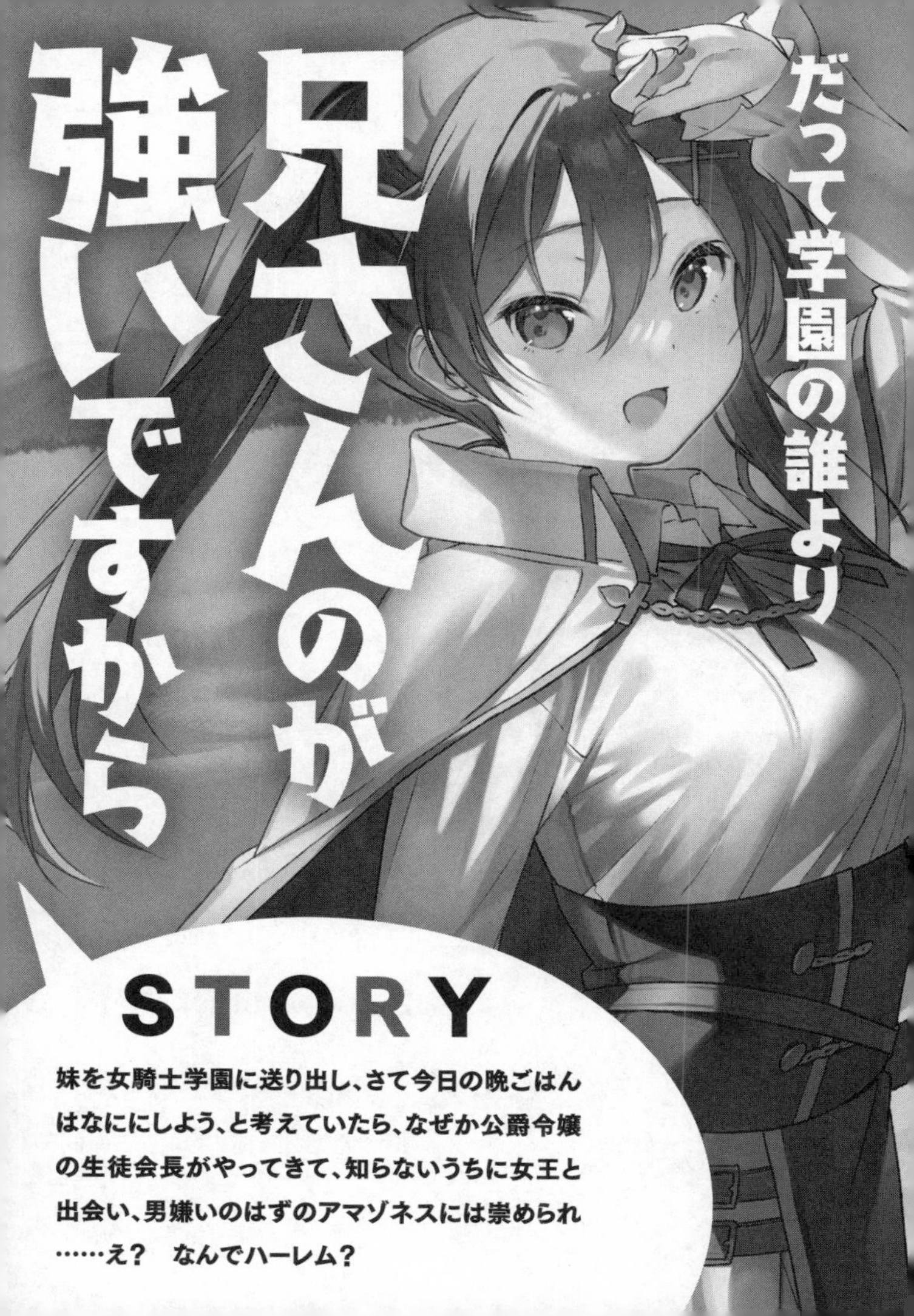
だって学園の誰より
兄さんのが
強いですから

STORY

妹を女騎士学園に送り出し、さて今日の晩ごはんはなににしよう、と考えていたら、なぜか公爵令嬢の生徒会長がやってきて、知らないうちに女王と出会い、男嫌いのはずのアマゾネスには崇められ……え？　なんでハーレム？

切り拓け！キミだけの王道
ファンタジア大賞
原稿募集中！
賞金
《大賞》300万円
《金賞》50万円
《銀賞》30万円
選考委員
細音啓 「キミと僕の最後の戦場、あるいは世界が始まる聖戦」
橘公司 「デート・ア・ライブ」
羊太郎 「ロクでなし魔術講師と禁忌教典《アカシックレコード》」
ファンタジア文庫編集長
前期締切 8月末日
後期締切 2月末日
公式サイトはこちら！ https://www.fantasiataisho.com/